Teoria e Prática de Um Amor Verdadeiro

Coordenação editorial
Patricia Quero

Projeto gráfico, diagramação e capa
Felipe Rosa

Revisão
Manuela Penna
Luiza Lotufo

Dados Internacionais de Catalogação na Publicação (CIP)
Angélica Ilacqua CRB-8/7057

Muñoz, Carlos
Teoria e prática de um amor verdadeiro / Carlos Muñoz. — São Paulo : Labrador, 2019.
176 p.

ISBN: 978-85-87740-88-5

1. Ficção romântica brasileira I. Título

19-0732 CDD 869.93

Índices para catálogo sistemático:
1. Ficção romântica brasileira

EDITORA
Labrador

Editora Labrador
Diretor editorial: Daniel Pinsky
Rua Dr. José Elias, 520 – Alto da Lapa
05083-030 – São Paulo – SP
+55 (11) 3641-7446
contato@editoralabrador.com.br
www.editoralabrador.com.br

CARLOS MUÑOZ

Teoria e Prática de Um Amor Verdadeiro

EDITORA
Labrador

CIDADE DE
SÃO PAULO
CULTURA

PRIMEIRA PARTE

1

Fazia mais de vinte anos que Augusto César temia a chegada desse dia, desde a época em que assistira ao filme *Carrington* e compreendera que não sobreviveria à morte de Anabelle. A única coisa que ele ousara pedir a Deus desde que descobrira seu inexorável destino — apesar da debilidade de sua fé — era morrer antes do que ela. Mas parece que Deus (ou teria sido sua falta de crença Nele?) reservou a Augusto o que ele mais temia, e Anabelle falecera naquela manhã, vítima do rompimento de um aneurisma. Era impossível continuar vivendo num mundo em que ela não estava mais.

Ao longo de todos aqueles anos desde que compreendera que ninguém sobrevive ao amor verdadeiro, ele sempre soube que o melhor mesmo seria suicidar-se antes da morte de Anabelle, como uma medida preventiva. Mas não podia deixá-la sozinha no mundo e simplesmente não tinha a coragem de se matar a sangue-frio. Ela, apesar de doze anos mais velha do que Augusto, sempre driblara a morte e aparentemente estava forte e saudável. O maior medo dele era o telefonema que esperava nunca receber: Anabelle morreu.

E finalmente o pior aconteceu: de uma hora para outra, numa manhã como outra qualquer, ela tivera a ruptura de um aneurisma na aorta abdominal enquanto fazia compras num supermercado perto de sua casa. Essa dilatação dos vasos sanguíneos não apresenta sintomas e ela nunca soube que tinha o problema. Sem nenhum aviso, um buraco se abre na parede da aorta, há um grande sangramento interno e em menos de um minuto a pessoa está morta. Ela tinha ido sozinha ao supermercado, como fazia quase todos os dias. Lá, de repente, deu um grito e caiu no chão. Os funcionários chamaram uma ambulância, mas de nada adiantou. Quando os paramédicos chegaram, ela já estava morta.

No momento em que recebeu o telefonema do filho de Anabelle contando o que tinha acontecido, Augusto só conseguiu dizer: "Não, por favor, não, não, não...", e caiu no chão, chorando e gemendo histericamente, como uma criança desesperada, encolhido em posição fetal. Mesmo sabendo que um dia ela iria morrer, ele nunca estaria preparado para aquilo.

No mesmo dia da morte de Anabelle, o irmão de Augusto, seu único parente vivo, recebeu um e-mail que dizia:

"Mano, hoje minha vida acabou e amanhã não estarei mais aqui. Vou fazer aquilo para o que me preparei todos estes anos. Não quero dar trabalho para você e já deixei

tudo arranjado para minha cremação, que está a cargo de uma funerária, a qual também irá receber um e-mail hoje e cuidará de todos os detalhes. Não vai haver velório, pois não tenho amigos verdadeiros aqui e os que sobraram vivem muito longe, de modo que não quero encher o saco de ninguém com esse tipo de coisa. Assim que estiver tudo pronto, eles vão te mandar minhas cinzas pelo correio. Só queria te pedir um favor, se não for dar muito trabalho: jogue meus restos mortais no Canal, em Barra de Guaratiba, onde nossa família foi tão feliz em nossa infância. É para onde quero voltar. Obrigado por tudo. Augusto."

2

A história de Anabelle e Augusto César havia começado quase trinta anos antes, numa sexta-feira como outra qualquer, quando ele foi com alguns amigos a uma nova casa noturna que estava fazendo sucesso entre os moderninhos de São Paulo, a Sra. Krawitz. Era o início dos anos 1990, os tempos de Ditadura e Guerra Fria tinham ficado para trás, e o momento era de renovação para aquela geração que antes fora existencialista nos moldes *punk* e *dark*. O mote agora era alegria, ser feliz, rir e dançar até o dia clarear ao som da nova música eletrônica, a *House*. Era comum, nessa época, juntar os amigos e todos se vestirem de forma extravagante, com roupas inusitadas e coloridas, maquiagem pesada, sapatos espalhafatosos, para chamar a atenção mesmo. Quanto mais esquisita a produção, melhor.

Então naquela noite Augusto ficou de ir a uma festa na Sra. Krawitz com sua amiga Regina Maia e a turma dela.

Eles se encontraram na casa do jornalista Castro Júnior, para beber um pouco, e depois da meia-noite se dirigiram ao *downtown* paulistano, mais especificamente para a obscura Rua Fortunato, em Santa Cecília.

Quando chegaram, a casa noturna estava bombando: atores do *underground, drag-queens*, pseudo-intelectuais, artistas plásticos, estilistas, modelos, jornalistas, *clubbers*, músicos, DJs, em suma, toda a *intelligentsia* pretensiosa e moderninha da Pauliceia estava no clube. No meio da noite, já bastante animado, Augusto brincou com uma mulher mais velha que passou ao seu lado, rindo e festejando com um grupo de gays. Ela foi até o balcão do bar e, na volta, o puxou pela mão e o levou para a pista. Vestia roupas de couro preto e usava longos cílios postiços prateados. Os dois dançaram algumas músicas e finalmente voltaram ao bar, onde se juntaram aos amigos dela, que brincaram com Augusto:

— Cuidado com essa gringa, que ela é truqueira...

Ele riu do comentário, e ela, com um sotaque argentino engraçado, disse:

— E aí, cara, vamos resolver isso hoxe (hoje) mesmo? — querendo insinuar que os dois deveriam fazer algo mais depois da festa.

Mas a essa altura os amigos de Augusto já estavam indo embora, e ele achou melhor deixar aquele convite para outro dia. Anotou o telefone dela num guardanapo e ficou de ligar para combinar algo na próxima semana.

3

Se fosse necessário descrever uma pessoa com três palavras, Anabelle seria "louca", "brava" e "viva". Que ela tinha um parafuso a menos, isso todos sabiam, mas era difícil dizer exatamente do que se tratava sua loucura. Às vezes, ela era prática e lógica, em outras, completamente sem sentido, com um raciocínio infantil, o que a tornava engraçada e com um jeito de criança. Também havia momentos em que ela ficava completamente fora de controle, tomada por uma raiva incontrolável (ela mesma brincava, dizendo: "Soy una capeta, hi, hi, hi...").

Para se ter uma ideia de sua loucura, certa vez, quando foi ensaiar com uma banda na Vila Ede, nos confins da Zona Norte de São Paulo, um cara armado parou o carro que ela dirigia, onde estavam alguns músicos da banda, encostou um revólver na cabeça dela e mandou todo mundo descer. Ela olhou para o cara e disse: "Quero ver se você tem coragem de atirar, seu cuzón!" (cuzão, na língua anabelliana). E o cara não atirou.

Era brava no sentido de bravura, de quem enfrenta a vida com coragem e não tem medo de nada, ou melhor, desconhece completamente o que é ter medo. E "viva" por viver com intensidade, se entregar em tudo o que fazia com vontade e um imenso prazer em desfrutar cada momento da vida, o que também poderia ser um reflexo de sua loucura.

Seu nome de batismo era Anabela. Caçula de uma família de classe média-alta de Buenos Aires, teve um pai muito rígido e casou-se cedo, aos dezessete anos, com o filho de um comediante famoso — que ela dizia ser o Chico

Anísio argentino. O marido tinha o dobro de sua idade. Após dois anos de casamento e um filho, decidiu se separar, e, para escapar do assédio do marido, cuja intenção era ficar com a criança, fugiu com o garoto para o Brasil, sozinha, sem conhecer ninguém nestas terras tropicais.

Chegou ao Rio de Janeiro com o pequeno Jerônimo no colo e foi se instalar em Santa Tereza. Logo depois conheceu uma turma de hippies e com eles descobriu Parati e Trindade, isso pelos idos de 1975.

Lá, fez um monte de amigos e conheceu um jovem argentino que vivia em São Paulo, com quem foi morar na metrópole paulistana. Na grande cidade, com o novo companheiro, dedicou-se a diversos negócios, entre eles uma confecção e uma loja na Rua Pamplona. Porém nunca ficou longe da praia, que adorava. Volta e meia passava uma temporada em Trindade, onde chegou até a morar num rancho de canoas de pescadores, sempre com o pequeno Jerônimo a tiracolo. Por seu jeito alegre e engraçado, fazia amizades com muita facilidade, e nessa praia conheceu as amigas que a acompanhariam por toda a vida. Com Anabelle não havia meio-termo: ou você a adorava ou a detestava.

Como quase todos os jovens daquela época, Anabelle experimentou e conheceu várias drogas, mas teve problemas mesmo com a cocaína, que começou a usar em São Paulo. Junto com o segundo marido, passou a viajar para a Bolívia, onde buscava pó para vender nos bares da noite paulistana.

Viveu doze anos com esse rapaz argentino, que ajudou a criar Jerônimo como se fosse seu próprio filho. Apesar de levar uma vida desregrada e de loucuras, sempre foi uma boa mãe, deu uma boa educação ao filho e nunca deixou faltar nada ao menino, nem uma vacina sequer. O único problema é que ela era meio estranha, e o garoto tinha vergonha de que seus amiguinhos da escola vissem uma mãe que se vestia de modo tão extravagante; sempre que algum desses coleguinhas aparecia, o menino escondia a mãe num quarto.

Após a separação do segundo marido, Anabelle continuou a vida de loucuras com as amigas, viajando por todo o Brasil. Adorava o mar e nadar.

Em São Paulo, conviveu com os Novos Baianos na Serra da Cantareira, depois entrou na onda do pós-punk e tocou teclado em várias bandas, junto a nomes como Akira S, Claudia Wonder e muitos outros. Foi quando mudou seu nome de Anabela para Anabelle, influenciada por uma atriz francesa que fazia sucesso em meados dos anos 1980. Também nessa época entrou na roleta-russa de tomar cocaína na veia e sofreu várias overdoses, mas seu coração era forte e aguentou o tranco. Sua carreira de loucuras continuou por muitos anos e diversas outras vezes ela escapou da morte por um capricho do destino: numa briga, tomou um tiro no maxilar que, por sorte, arrancou apenas um dente e nada mais; capotou e destruiu carros nas noites de loucura na Pauliceia; viu amigos morrerem de AIDS contraída em seringas, outros de overdose, mas parece que seu anjo-da-guarda nunca a abandonava.

Foi nessa época que conheceu o terceiro marido, com quem montou uma pequena fábrica de sapatos — a ideia foi dele, que já trabalhava nessa área havia algum tempo.

Começaram numa garagem no bairro da Mooca, e o negócio foi prosperando gradativamente. Depois de uma separação conturbada, Anabelle ficou com a fábrica. Foi quando conheceu Augusto.

Uma vez, brincando, ela disse o que gostaria que escrevessem em seu epitáfio, quando morresse: "Me diverti baaaaaaaaaastante."

4

O filme *Carrington* é um drama biográfico que conta a história da relação da pintora Dora Carrington com o escritor Lytton Strachey, ambos membros do famoso Grupo Bloomsbury. No Brasil, o filme saiu com o subtítulo *Dias de Paixão,* revelando que os tradutores não compreenderam bem a trágica história do amor da pintora pelo escritor. E isso é muito comum: confundir paixões com amor. O amor verdadeiro é algo muito raro e sempre, sem nenhuma exceção, uma tragédia.

O subtítulo original do filme era "*She had many lovers, but only one love*" (Ela teve muitos amantes, mas apenas um amor), que explica exatamente a história de Carrington e, também, a de todos os amores verdadeiros: se, em sua vida, você amar alguém de verdade, será apenas uma vez. Não há um ser humano com mais de vinte anos que não tenha tido ao menos uma paixão, mas poucos sabem o que é o amor verdadeiro. Há quem diga que ninguém sobrevive à morte da pessoa a quem se ama de verdade.

E isso foi exatamente o que aconteceu com a pintora inglesa Carrington, que conheceu o escritor assumidamente gay Lytton Strachey no verão de 1916. Ela inicialmente o considera "um desagradável velho de barba", apesar de Lytton ter apenas 36 anos, e não sente nada por ele. Aos poucos, porém, ela começa a conhecê-lo e a enxergar para além daquela aparência pouco atraente — "longilínea e sinistra figura", segundo Virginia Woolf — e do comportamento exuberante e afeminado. Ele a faz rir com seu jeito irônico de falar coisas sérias, com suas frases certas nos momentos exatos, e a comove com a integridade de sua personalidade. Não se importando com o que vê por fora e sem nenhuma expectativa dele como homem, ela começa a ver a alma de Lytton: "Adoro ficar perto de você, você é tão *cool*, tão sábio" ela comenta à sombra de uma árvore, num belo dia de verão na Inglaterra. E nesse momento o destino trágico de sua vida está selado.

Os dois vão morar juntos, no campo, e por todo o resto de sua vida Carrington faz de tudo para estar ao lado de Lytton, cuidando, apoiando, sem se importar com os sacrifícios que tem de fazer: ela simplesmente era feliz assim. Chega ao extremo de aceitar um casamento de fachada com um dos amantes de Lytton, Ralph Partridge, pois, do contrário, o escritor se mudaria para Londres e a abandonaria. Então, ela se casa com Ralph e os três continuam a viver juntos numa grande casa, numa relação que estranhamente se completava: ela pintava, Lytton escrevia, Ralph praticava esportes, pescava e trepava com os dois, separadamente.

Há nessa relação, obviamente, uma assimetria: Carrington devota sua vida ao ser amado, enquanto ele, de certa forma, tira proveito da bondade dela. Numa carta a Lytton, ela escreve: "... eu chorei na noite passada enquanto ele (Ralph) dormia satisfeito ao meu lado; chorei ao pensar no destino cinicamente selvagem que torna impossível que meu amor seja alguma vez usado por você". Ao que Lytton responde: "... você sabe muito bem que eu a amo como algo além de uma amiga, você, criatura angelical, cuja bondade para comigo me fez feliz por anos, e cuja presença em minha vida tem sido, e sempre será, uma das coisas mais importantes para mim."

Em 1932, Lytton adoece e é diagnosticado com câncer de estômago. No início, Carrington acredita que tudo acabará bem, mas, quando a situação se torna irreversível e ela vê o amado agonizar, próximo do fim, é tomada pelo desespero. Não quer vê-lo morrer e, para escapar à dor da morte de Lytton, tenta se suicidar. Tranca-se na garagem e liga o motor de um carro para se asfixiar com a fumaça. Ralph a salva, e ela, em meio a uma crise de histeria, precisa ser sedada.

Após o choque da morte, o vazio. Carrington fica sozinha na grande casa de campo, apesar dos protestos de Ralph, cuja vontade era que ela passasse um tempo em Londres. Sem saber mais o que fazer de sua vida, ela escreve cartas aos amigos, doa seu material de pintura e, por fim, faz uma fogueira. Enquanto joga no fogo as roupas de escritor, ela diz, como se estivesse conversando com o amante morto: "Nunca ninguém saberá como foi feliz nossa vida juntos, meu amado".

À noite, sem conseguir dormir, ela chega à conclusão de que é insuportável viver sem a presença de Lytton neste mundo.

Na manhã seguinte, ela se mata com um tiro de espingarda no coração.

5

Augusto ligou para Anabelle no domingo, e os dois marcaram de se encontrar no dia seguinte. Na noite da festa no Sra. Krawitz, ele tinha bebido bastante e não se lembrava exatamente das feições de sua nova paquera, mas uma coisa era certa: ela não fazia seu tipo — loiras altas e magras — pois, pelo que se recordava, ela era morena e de estatura mediana, apesar das enormes botas de salto plataforma que estava usando no dia. Ainda assim, Augusto decidiu marcar o encontro. Na época ele telefonava para todas as mulheres que conhecia na noite, nem que fosse para vê-las ao menos uma vez sem estar sob o efeito do álcool. Afinal de contas, o que ele queria mesmo naquele momento era viver intensamente, conhecer gente diferente, e toda oportunidade era válida, ainda mais para alguém que se considerava um escritor ao estilo de seus ídolos Jack Kerouac e Charles Bukowski.

Augusto chegou à portaria do prédio de Anabelle e pediu para avisar que estava lá embaixo. Depois de alguns minutos, o porteiro voltou e disse que não havia ninguém no apartamento da "Dona Anabelle".

— Estranho — Augusto pensou. — Acabei de falar com ela pelo telefone para dizer que estava vindo.

Alguém um pouco mais supersticioso teria visto aquilo como um tipo de sinal, dado meia-volta e desistido do encontro. Na verdade, tal ideia passou rapidamente pela cabeça dele, mas foi desprezada, pois seu ceticismo era arrogante demais para aceitar tal tipo de sugestão. Voltou então para sua casa e ligou novamente para Anabelle.

— Estou aqui em casa — ela respondeu, e foi verificar por que o interfone não havia tocado, descobrindo que justamente o seu aparelho estava quebrado.

Esclarecido o que acontecera, Anabelle ficou de passar na casa dele, como uma maneira de compensar o pequeno contratempo.

Pelo resto de sua vida Augusto se lembraria daquela noite em que fora à casa de Anabelle e o interfone do apartamento dela não funcionara. Muitas vezes ele voltaria a pensar que aquilo fora um sinal, que talvez fosse alguém tentando avisá-lo de algo, mas o fato é que ele não acreditava nesse tipo de coisa, muito menos que o destino das pessoas estivesse escrito nas estrelas, ou seja lá onde fosse.

6

Dessa vez deu tudo certo. Anabelle passou na casa de Augusto e os dois saíram para beber alguma coisa. Ele novamente a achou muito engraçada. Especialmente o jeito de falar, que lembrava muito o ator/comediante Patrício Bisso, um argentino que naquela época fazia algum sucesso satirizando divas do cinema e da cultura pop. Anabelle estava, de novo, muito maquiada; dessa vez usava cílios postiços coloridos, o que combinava com a jaqueta de lamê furta-cor que vestia por cima de um body preto.

Não, ele não se sentiu atraído por ela, apesar de achá-la charmosa e divertida; além de que o acompanhava no ritmo dos chopes, que não paravam de aterrissar na mesa. Conversa vai, conversa vem, ele descobre que as botas roqueiras de bico fino que estava usando tinham sido compradas na loja dela — a Monster's — e que ela tinha uma pequena fábrica que produzia aqueles sapatos de vanguarda. Por seu lado, Augusto contou que era escritor, ou ao menos se considerava um, já que tinha lançado recentemente um livro de poesias e em breve iria publicar um romance.

Estavam nesse ponto quando apareceu um amigo dela, Léo Castilho, um artista plástico que era figurinha carimbada na noite paulistana desde meados dos anos 1980, quando sua família abriu a lendária casa noturna Carbono 14. Ele parecia já bastante animado e os convidou para ir ao Aeroanta, onde estava acontecendo uma festa. Pagaram a conta e se mandaram para o Largo da Batata, onde ficava a casa de shows preferida dos moderninhos de São Paulo.

Apesar de ser uma segunda-feira, o Aeroanta estava bastante cheio. Era o lançamento de uma nova revista e toda a fauna da noite estava lá. Léo Castilho se separou do casal e os dois foram dançar. Augusto aproveitou que não estava dirigindo e trocou a cerveja pelo uísque. Lá pelas tantas, já bastante animado, ele deu um beijo em Anabelle, que aceitou, surpreendida.

Na hora de ir embora, eles descobriram que um dos pneus do carro dela estava furado, e o estepe, inutilizado por um rasgo enorme. A roubada parecia inevitável, mas

Augusto se lembrou de que ali perto havia um borracheiro que ficava aberto 24 horas. Foi a salvação para o final da noitada.

— Meu herói! — disse Anabelle, rindo, quando chegaram à borracharia, e se enroscou no pescoço de Augusto, dando-lhe um beijo.

Depois de consertado o pneu, eles seguiram para a casa dela. Antes, pararam numa loja de conveniências *7-Eleven* para comprar algumas latas de cerveja e comer um *hot-dog*, ou "dogón", como Anabelle dizia no seu curioso portunhol. Na saída do estacionamento, em vez de descer a rua de mão única, ela tentou subir e acertou em cheio uma placa de contramão, entortando o poste metálico.

— Hi-hi-hi-hi-hi-hi-hi-hi... — ela riu e nem ligou por ter batido na placa. Virou o carro e tocou em frente.

No apartamento de Anabelle, eles se sentaram no chão, ao lado do aparelho de som e ficaram tomando cerveja e conversando. Depois de algumas latinhas, sem a mínima cerimônia, ela se esticou no chão e pegou no sono, deitada ali mesmo.

Dormindo, ela lembrava a Augusto um personagem de desenho animado, com os braços colados ao corpo e uma expressão divertida no rosto, a boquinha pequena parecida com a da personagem Betty Boop. Ele olhou para ela ali dormindo e sorriu, pensando que nunca tinha conhecido uma pessoa tão diferente e engraçada. O dia já estava clareando lá fora e ele achou melhor não acordá-la — ele odiava ser despertado, por isso nunca o fazia com outras pessoas. Resolveu então ir embora.

Foi caminhando para sua casa, que era perto. No meio do caminho tirou suas botas de bico fino, para não gastá-las, e terminou o percurso descalço, com as botas na mão.

7

A primeira vez que Augusto se deparou com a ideia de que o amor não seria o fruto de uma grande paixão foi ao ler o romance *A Insustentável Leveza do Ser*, de Milan Kundera, quando tinha 20 anos. Na época, ele não compreendeu a verdadeira natureza do amor do médico Tomas pela bela garçonete Tereza, mas guardou na memória a informação de que, seja lá o que fosse esse sentimento, ele era imune ao tempo e irremediavelmente uma tragédia. O livro foi um grande *best-seller*, mas, como Augusto, pouca gente entendeu de verdade o que se passa com o protagonista. É impossível compreender algo que você não sabe que existe ou nunca experimentou, como a sensação de andar na Lua ou uma injeção de heroína na veia.

Quando leu novamente o livro, muitos anos depois, Augusto entendeu que aquela história era parecida com a sua: Tomas tem sua vida decidida no momento em que vê a jovem Tereza dormindo em sua cama e imagina que ela é uma criança que veio até ele numa cesta, boiando num rio — numa alusão à história bíblica de Moisés —, e que precisa salvá-la. Naquele instante, de joelhos à cabeceira da cama, observando Tereza dormir como uma criança desamparada, pareceu evidente a si próprio que não sobreviveria à morte daquela moça. Sente mesmo que quer morrer ao lado dela, mas nega esse sentimento, tenta racionalizá-lo, explicando tudo como uma reação histérica ao fato de ser inapto para amar, e que aquilo não passa de uma representação para si mesmo da comédia do amor.

No famoso romance, o cirurgião Tomas não sabe como lidar com seu sentimento em relação à jovem Tereza: se a convida a viver com ele ou a esquece, deixando-a continuar sua vida medíocre numa pequena cidade de província. Conhecera a moça três semanas antes, no interior da Boêmia, deixara com ela um cartão com seu telefone e dissera: "Se vier a Praga, me procure".

Dez dias depois, ela vai visitá-lo e acabam fazendo amor. A seguir, ela tem um acesso de febre e acaba passando uma semana na casa do médico, com uma forte gripe.

Após a volta de Tereza para sua cidade, a angústia de Tomas com relação a ela aumenta, até que o seu dilema se resolve quando a moça aparece novamente em Praga, dizendo que estava na cidade à procura de um emprego. Ela vai ao apartamento dele e, depois de fazerem amor novamente, Tomas descobre que ela não tem onde ficar e que deixara sua mala guardada no armário da estação de trens. Tereza depositara sua vida no guarda-malas da estação e agora vinha oferecê-la a Tomas.

A partir daquele momento decisivo, eles passam a viver juntos e nunca mais conseguem se separar. O que se segue, então, é um amor belo e doloroso. Tomas não quer abdicar de sua vida de solteiro e de suas relações sexuais com suas amigas (o que ele chama de "amizades eróticas"), e isso faz Tereza sofrer por causa do ciúme. Vê-la sofrer o faz sofrer também, pois ele a quer bem e tem compaixão por ela, no sentido de sentir o mesmo que o outro; neste caso, a dor.

A tragédia se completa quando os russos invadem a Tchecoslováquia com o intuito de acabar com a Primavera de Praga, em 1968. Tomas e Tereza resolvem emigrar para a Suíça, onde um médico conhecido lhe oferecera um emprego. Lá, sentindo-se infeliz por causa da infidelidade sexual do marido, que continua com seus casos em terras estrangeiras, ela resolve retornar a Praga, abandonando-o. No início, Tomas vê aquela fuga como uma libertação do fardo que Tereza representava em sua vida, mas, passada a euforia inicial, ele tem que ir atrás dela: não pode deixá-la sozinha naquele vasto mundo frio e triste. Era um caminho sem volta: os russos haviam fechado as fronteiras tchecas.

De volta a Praga, por problemas políticos, Tomas é obrigado a abandonar sua posição de médico renomado e forçado a trabalhar como limpador de janelas. Ele havia publicado um artigo ofensivo aos comunistas russos e recusara-se a fazer uma retratação.

Apesar da derrocada de sua vida, Tomas continua a ter suas amigas eróticas e a fazer Tereza sofrer, mas eles nunca conseguem se separar. Apenas alguns anos antes de morrer, ele, cansado, abandona seus casos e finalmente Tereza consegue ser feliz.

É uma tragédia, como todas as histórias de amor verdadeiro. Porém, o autor considera que Tereza ama o médico, o que é obviamente um equívoco. Ele é a grande paixão dela, seu passaporte para longe daquele mundo sórdido em que vive, seu bilhete para entrar no mundo da dignidade humana, o mundo do médico-cirurgião. É essa enorme diferença entre o que Tereza é — uma simples garçonete — e o que Tomas representa para ela, que alimenta sua paixão: ele é Praga, a cultura, a beleza, a fuga para um mundo melhor. E ela, para Tomas, é a "criança" que ele tem que cuidar, nem que para isso precise sacrificar sua vida.

Tereza se apaixonou por Tomas, ele nunca sentiu paixão por ela. Um amor verdadeiro nunca nasce de uma paixão.

8

Não, Augusto não descobriu seu amor por Anabelle quando a viu dormindo no chão da sala do apartamento dela, naquele primeiro encontro. Na verdade, algum tempo se passaria até que ele percebesse que sentia algo diferente por ela, algo que nunca tinha imaginado que pudesse existir.

Ele já se apaixonara mais de uma vez àquela altura de sua vida. Dois anos antes, tivera uma grande paixão por uma arquiteta que pertencia a uma família tradicional de São Paulo. Ela era do tipo físico que o atraía — loira, alta, cabelos longos, sofisticada, bem vestida e bem tratada —, e a própria situação que fez com que os dois se conhecessem pareceu a Augusto meio mágica, como se fosse algo predestinado; ele chegou mesmo a acreditar nisso.

Aconteceu que, na véspera de um Natal no final dos anos 1980, ele recebeu um telefonema:

— Augusto, tudo bem? É a Débora — disse a bela voz ao telefone.

— Oi, Débora, quanto tempo... — Ele tinha conhecido uma Débora algumas semanas antes numa balada, mas tinha perdido o telefone dela.

— Sua voz está diferente — ela continuou. — Você não é o Augusto César...

— Sou, sim, Augusto César.

—Não... Tem alguma coisa errada. O Augusto César é um homem mais velho...

— Bom, eu sou "O" Augusto César — risos.

Os dois conversam um pouco e descobrem que o número de telefone do cara para quem ela havia ligado era quase igual ao de Augusto, com uma diferença apenas no último número, que era 6 em vez de 5. Continuaram conversando, trocando informações, e ele achou a voz dela muito sexy; sugeriu que se encontrassem. A conversa durou uns vinte minutos, até que ela disse que precisava ligar para o Augusto original, para retribuir os votos de boas festas. Antes de se despedirem, Augusto insistiu:

— Me liga de novo, vamos nos encontrar qualquer dia desses. — Com o que ela concordou. Ele ficou bastante animado, mas não pediu o telefone dela, talvez com medo de parecer indelicado.

Passadas as festas, Augusto ficou esperando a ligação da tal Débora, mas isso não acontecia, e ele se arrependeu de não ter pedido o telefone dela no dia em que conversaram. Mas ele sabia o telefone de seu homônimo, o outro Augusto César, e bolou um jeito engenhoso de conseguir o número de Débora com o cara. O plano era simples:

ligaria, se fazendo passar por um cabeleireiro, com a voz e jeito de falar característicos, e diria que a dona Débora tinha esquecido a agenda no seu salão de beleza e que estava ligando para saber se ele teria a gentileza de lhe passar o número do telefone dela. Para surpresa de Augusto, o outro Augusto caiu direitinho nessa historinha ridícula e lhe deu a informação. Pronto, agora era só telefonar.

Ele tomou coragem e num sábado à tarde ligou para ela. Resolveu que o melhor era contar a verdade. No início, ela ficou surpresa e até desconfiada, afinal de contas, não dera seu telefone a ele. Mas Augusto contou como tinha conseguido o número e que, desde que tinham conversado aquela vez, no final do ano anterior, ficara esperando que ela lhe ligasse. No final, Débora achou tudo aquilo divertido e combinaram de se encontrar na semana seguinte. Augusto ficou exultante por seu plano ter dado certo e por saber que finalmente iria conhecer a dona daquela voz misteriosa e sexy.

9

Na quinta-feira seguinte, Augusto telefonou para Débora, convidando-a para um *drink*, mas ela estava resfriada e não poderia sair. Mesmo assim, conversaram bastante e cada um contou o que fazia da vida, seus gostos, passatempos e planos. Augusto comentou que estava no último ano de engenharia, mas que descobrira que aquela não era sua vocação e que estava terminando a faculdade apenas para "cumprir tabela". Vendeu seu "peixe", dizendo que era surfista, que gostava de ler e de escrever poesias.

Ela foi menos expansiva, mas contou que trabalhava com arquitetura, que era divorciada, que gostava de viajar, de ouvir música e de queijos. A conversa durou duas horas. No final, Augusto desejou-lhe melhoras e ficaram de se encontrar em breve.

Na semana seguinte, novamente não conseguiram se encontrar, mas conversaram bastante. Logo depois veio a Semana Santa, ambos foram viajar, e mais uma vez adiaram o encontro. Com o passar do tempo, as conversas foram ficando mais longas e ela chegou até a fazer o mapa astral dele. O fatídico encontro foi deixado para a semana que viria, depois para a próxima, e a próxima, até que chegou um ponto em que eles tinham medo de se encontrar. Estavam íntimos demais ao telefone, se falavam várias vezes por semana, às vezes a noite inteira, e sentiam que podiam perder isso caso se encontrassem e as coisas não rolassem entre eles. Fizeram então um acordo: se encontrariam após as férias de julho, que logo iriam começar. Augusto iria passar duas semanas com o pai no Rio e o encontro ficou marcado para o primeiro final de semana de agosto.

* * *

Conforme ficou combinado, quando voltou de férias Augusto ligou para Débora, para o tão esperado encontro. Ela disse que queria muito ir, mas que não podia vê-lo, pois tinha machucado o lábio com a porta do carro. Novamente o encontro foi adiado, mas ela prometeu que dentro de uma semana estaria melhor.

E cumpriu com a palavra. No final da tarde do domingo seguinte, ela ligou para Augusto, dizendo que podiam se encontrar. Ele sentiu um frio na barriga, mas não tinha como adiar o inadiável.

— Ok. Então eu passo aí para te pegar — ele sugeriu.

— Não. É melhor eu passar na sua casa — ela respondeu.

E assim foi feito. Débora não queria que Augusto soubesse onde ela morava, por isso preferiu passar na casa dele. Desde que o conhecera, ela sempre se resguardara, pois não queria se expor, afinal, não sabia quem era aquele cara. Também não queria que ele soubesse onde morava com a mãe desde que se separara — uma daquelas grandes casas do final dos anos 1940 no rico bairro do Pacaembu, bem perto do famoso estádio.

Então ela passou na casa de Augusto e o esperou no carro. Ele desceu e os dois se viram pela primeira vez. Ela encontrou o que esperava, afinal, já o conhecia pelo telefone fazia vários meses: um jovem de vinte e poucos anos, muito bonito, alto, com cara de garoto; pouco mais do que um adolescente aos olhos de uma mulher vivida de 38 anos, que fora casada e depois tivera vários outros relacionamentos.

Ele, por seu lado, ficou encantando com a aparência dela; não era linda, mas era bonita, sexy e atraente, com um aristocrático nariz reto e maneiras obviamente de classe alta.

Foram a um *pub*, pediram vinho e conversaram a noite inteira, entre cigarros e tira-gostos. Se deram bem, ela se abriu um pouco mais, mas não muito, pois tinha medo de que as coisas saíssem do seu controle, ou seja, que seu jovem amigo se apaixonasse.

E foi o que aconteceu. Beijaram-se no segundo encontro e, a partir daí, Augusto queria sempre estar com ela. Já Débora, por seu lado, procurava ir levando as coisas em ritmo lento, sem ter pressa. Na verdade, ela gostava de homens mais velhos, maduros; sua grande paixão havia sido um empresário famoso que conhecera após seu divórcio, com quem tivera um relacionamento intenso e conturbado, até que ela o pegou com outra mulher e entrou em parafuso, chegando a quebrar tudo o que encontrava pela frente na casa dele. Lógico que o jovem Augusto nunca seria o homem que ela ainda esperava encontrar. Mas ele era legal e ela não queria magoá-lo; achava que podia manter aquela distância segura para os dois.

Continuaram se encontrando regularmente, mas nunca se viam mais de uma vez por semana, pois os dois andavam muito ocupados: ele, no último semestre da faculdade, fazendo seu projeto de formatura e dando suas aulas; e ela, com seu trabalho de acompanhar reformas de lojas em shoppings, obras que sempre tinham que ser feitas à noite.

Mas Augusto estava profundamente apaixonado por Débora. Ao lado dela, sentia-se como o homem mais importante do mundo; aquela mulher bonita e classuda, que depois descobriu ser de família rica, o deslumbrou completamente. Só transaram uma vez, na casa dela, e para ele foi como chegar ao céu. Vê-la gozar, gritando alto, selou seu "amor" por ela.

A partir daí, Augusto viveu dias de completo embriagamento. Sentia-se leve, quase num transe, e dizia para si mesmo:

— Isso é o amor, eu amo a Débora.

Foi quando ela percebeu que o rapaz estava apaixonado e decidiu ir se afastando aos poucos, em doses homeopáticas. Foi espaçando as saídas com ele, aproveitando-se de que já era o final do semestre e ele estava muito ocupado com as provas e seu projeto de graduação.

Augusto não se deu conta da estratégia de Débora para se livrar dele, e só descobriu que as coisas não iam bem quando ela não compareceu à sua festa de formatura. Ela disse que era uma ocasião para ele curtir com a família e os amigos, e que era melhor não ir, pois atrapalharia. A "ficha caiu" para Augusto, como se dizia na época, e só aí ele percebeu que ela estava se afastando. Ficou puto por causa do negócio da formatura, brigou com ela e a ofendeu ao telefone. Pronto, era a deixa que Débora esperava para cair fora. Ele ficou arrasado com o que aconteceu e decidiu, então, ir viajar depois do Natal, para ficar com o pai e botar a cabeça no lugar.

Quando voltou para São Paulo, Augusto novamente procurou Débora, mas ela não quis mais vê-lo. Ele insistiu, mas foi descartado. O infeliz continuou a procurá-la por meses e meses; ela até atendia o telefone, mas não queria nada com ele. Cabe ressaltar que nessa época Augusto era um jovem muito bonito, fazia alguns trabalhos como modelo, tinha uma boa autoestima e não entendia por que Débora não gostava dele. No final das contas, ele compreendeu que não adiantava insistir; porém, sempre que bebia, telefonava para ela, mandava flores, escrevia cartas, tudo em vão. No ano seguinte, convidou-a para o lançamento de sua coletânea de poesias, mas Débora nem se dignou a passar na festa para ver o livro que tinha duas poesias dedicadas a ela.

10

Augusto sabia o que era o amor — ou o que convencionalmente se chama de amor. Tivera dois anos antes um "amor" intenso e doloroso por Débora, e nunca imaginou que aquilo se repetiria com Anabelle, já que ela era totalmente diferente do que ele imaginava ser uma mulher por quem se apaixonaria. Na verdade, ele a tinha achado engraçada, animada e se divertia muito saindo com ela.

Naquela época, Augusto estava vivendo um teatrinho pretensioso que criara para si, de que era um escritor de verdade. Tinha publicado recentemente seu livrinho de poesias e passara os dois últimos anos escrevendo seu primeiro romance, enquanto dava aulas de Física no Colégio Objetivo, para ter algum dinheiro no bolso. Depois que o livro fosse lançado, ele pretendia realizar seu sonho de viver na Europa, onde imaginava passar um tempo trabalhando e escrevendo, no melhor estilo dos escritores malditos dos anos 1920.

Então Augusto conhecera Anabelle, e ela se encaixava como uma luva naquela fantasia que imaginara para si, de ser um escritor *underground* que experimentava de tudo na vida: *Are You Experienced?* — diria Jimi Hendrix.

Como Anabelle era muito conhecida na noite de São Paulo e era convidada a todas as festas e eventos, para Augusto ela era a companhia perfeita: um passaporte VIP para fazer parte daquela cena excitante da noite *clubber* da metrópole.

E entre o final de novembro e todo mês de dezembro, Anabelle e Augusto saíram muito, duas, três vezes por semana, indo a todas as festas de hoje e de amanhã. Iam a uma boate, depois a outra e ainda terminavam a noite no New York Bar, um barzinho nos Jardins que ficava aberto até as dez da manhã. Bebiam muito juntos e Anabelle ainda tinha energia para trabalhar no dia seguinte. Mas às vezes ela pegava no sono, como aconteceu certa noite naquele mesmo NY Bar, quando adormecera sentada num sofazinho encostado à parede. Mais uma vez, Augusto olhou para ela e a viu como um personagem de histórias em quadrinhos, sentadinha com os braços colados no corpo, a boquinha pequena igual à da Betty Boop. Ela ficou uns cinco minutos com olhos fechados, até que acordou e disse, rindo:

— Hi, hi, hi, hi, hi, hi, acho que dormi...

11

Na primeira vez que foi ao apartamento de Anabelle, Augusto reparou nos quadros, nas montanhas de sapatos, nos armários cheios de roupas diferentes e, o que o assustou um pouco, notou que ela tinha cicatrizes nas veias do braço esquerdo, sinal de quem usara drogas injetáveis; ele viu aquilo, mas preferiu não comentar. Como os dois bebiam muito quando saíam, na terceira vez que transaram, Augusto esqueceu-se de usar preservativos. Nos dias seguintes a essa transa desprotegida, ele ficou preocupado e tomado de imensa culpa. E a culpa disparou o gatilho da depressão.

Era o auge da epidemia de AIDS, a doença era fatal, e Anabelle era obviamente do grupo de risco: usava ou havia usado drogas injetáveis e praticava sexo desprotegido. As campanhas publicitárias martelavam dia e noite que essa conduta era mortal, o que deixava todo mundo que "errara" sob forte *stress* e sentimento de culpa. Augusto, desde criança, tinha propensão para depressão e sempre sentira angústia ao longo de sua vida — sua eterna companheira, ele costumava dizer. Então, por achar que tinha contraído AIDS, ele entrou num novo ciclo depressivo.

Anabelle continuava a convidá-lo para sair, mas ele dizia que não tinha vontade, que iria ficar em casa. Ela brincava, dizia para ele tirar o "bobe elétrico" e aproveitar a vida (ele tinha cabelos cacheados, num topete aloirado — pintado — e ela costumava dizer que ele usava bobes elétricos para aprontar o visual).

Essa pequena crise de depressão aconteceu na semana do Natal. Augusto resolveu, então, passar o Ano Novo na praia e convidou sua amiga Regina Maia para ir junto. Ficou lá uma semana, até passar o baixo-astral. Quando voltou a São Paulo, estava decidido a não procurar mais Anabelle.

12

Depois que voltou do litoral, Augusto estava superando a crise de depressão e queria se dedicar aos preparativos para a publicação de seu primeiro romance. Ele pensava em Anabelle, sentia saudade dela, mas achava que era melhor deixar aquela história para trás, já que pretendia ir para a Europa logo depois que seu livro fosse lançado.

Mas o acaso novamente interveio. Num sábado à tarde, pouco antes do Carnaval, seu amigo Renê apareceu em sua casa e o convidou para ir tomar umas cervejas. Naquele dia, estava acontecendo o tradicional bloco pré-carnavalesco do Gueri-Gueri, e os dois foram a um barzinho na Oscar Freire para ver a bagunça que estava rolando.

Já haviam tomado várias cervejas quando apareceu Anabelle, acompanhada de um rapaz que era vendedor na loja dela. Augusto a convidou a juntar-se a eles para tomar umas geladas.

Na rua, havia um clima de Carnaval que, junto com a cerveja e o sol de verão, deixava tudo alegre. Augusto já estava bastante alto e brincava com Anabelle, os dois riam e, quando começou a escurecer, ele decidiu continuar em sua companhia (abandonando seu amigo Renê). Passaram na casa de uns amigos dela para um "esquenta", antes de cair na noite propriamente dita.

Depois foram a uma festa, beberam, dançaram e terminaram a noitada na Sra. Krawitz, que era o ponto oficial de *after-hours* dos modernos. Acabaram comendo um pastel na Feira da Praça Roosevelt, com o sol já alto.

Os dois passaram o domingo juntos, na cama, jantaram na Cantina do Amico Piolin e, no final, ainda foram tomar a saideira no New York Bar. Naquela semana, Augusto iria tirar fotos para a "orelha" de seu livro e estava animado com a vida. Seu editor gostara muito de seu trabalho, que estava passando pela segunda revisão, e o otimismo de Augusto era contagiante. Ele estava vivendo seu sonho de ser escritor, e viver os sonhos é a melhor coisa que pode acontecer a alguém. Anabelle também estava feliz, sua loja e fábrica iam bem, e agora estava com esse rapaz bonito, alto e jovem. No final da noite, ela quis levá-lo novamente para seu apartamento, mas Augusto preferiu dessa vez ir dormir em casa.

Naquela época, Anabelle era uma verdadeira celebridade no mundo da moda e na cena noturna da cidade, era convidada para programas de debates na TV e tinha aparecido na Veja SP, numa reportagem sobre os novos *clubbers* da cidade. Como Augusto estava naquela onda de ser um escritor boêmio, um *beatnik* dos anos 1990, achou que não havia problema de continuar saindo com ela. Ele imaginava que, depois que lançasse seu livro, iria para a Europa e tudo bem, aquela teria sido só uma época de diversão e novas experiências.

Naquele momento, ele ainda não havia se dado conta de que era a loucura de Anabelle que o atraía, loucura que ele não tinha e buscava nos outros, como Jack Kerouac descreve na famosa passagem do clássico livro *On the Road:* "... eu me arrastava atrás das pessoas que me interessam, porque, para mim, pessoas mesmo são os loucos, os que estão loucos para viver, loucos para falar, loucos para serem salvos, que querem tudo ao mesmo tempo, aqueles que nunca bocejam e jamais dizem coisas comuns, mas queimam, queimam, queimam como fabulosos fogos de artifício explodindo em constelações em cujo centro fervilhante — pop — pode-se ver um brilho azul e intenso até que todos 'aaaaaaah!'".

A partir daquele dia que se reencontram, Anabelle e Augusto virariam um casal celebrado na noite de São Paulo, indo a todas as festas, shows, desfiles de moda e eventos que rolavam na cidade. Os dois se produziam para sair, usavam roupas espalhafatosas, às vezes até extrapolavam no visual, mas uma coisa é certa: eles se divertiam muito juntos. Também gostavam de ir jantar em restaurantes japoneses no bairro da Liberdade, onde conversavam entre sushis e cerveja. Anabelle tinha muito jeito para contar histórias e casos, com uma graça natural e uma maneira cômica de olhar para o teto e para os lados enquanto falava, e de fazer os barulhos das coisas enquanto as narrava — "tchum", se mergulhava; "pluft", se algo estourava; "tum", se uma coisa batia em outra, e assim por diante. Augusto adorava ouvir essas histórias, que o faziam reviver épocas das quais tinha saudade sem nunca as ter vivido.

13

"Uma das tarefas da arte é pegar o que é mais doloroso na condição humana e redimi-lo em uma obra de beleza", afirma Roger Scruton no livro *Por Que a Beleza Importa*. Dois exemplos famosos que comprovam essa asseveração do filósofo inglês são a Pietà e Guernica, obras que conseguem mostrar as maiores dores por que podem passar os seres humanos e serem absolutamente belas.

Em *A Insustentável Leveza do Ser,* Milan Kundera mostra a delicada beleza que pode existir por trás da tragédia de um amor verdadeiro. Seu maior feito é explicar por meio de uma imagem poética como o surge amor: Tomas imagina Tereza como uma criança que viera até ele numa cesta, boiando num rio, e que não podia deixá-la seguir à deriva em águas turbulentas. É uma metáfora belíssima, e conclui que metáforas são perigosas, pois delas pode nascer o amor.

O filme *Carrington* mostra o nascimento do amor de uma maneira mais real e que não acontece num *insight* tão poético como o de Kundera, mas sim com a descoberta, por parte da pintora, da beleza da alma do escritor Lytton Strachey. A partir desse momento decisivo, Carrington sente que tem que cuidar daquele ser desprotegido e frágil que é Lytton, mesmo sem vê-lo sob nenhuma metáfora aparente — apesar de a metáfora da criança a ser cuidada obviamente estar lá, como está em todos os amores verdadeiros.

Entre Augusto e Anabelle, a realidade era ainda mais trivial: no começo, ele gostava de sair com ela para beber e se divertir nos lugares da moda, e o álcool era o que dava liga a esses encontros. Sem essa droga tão antiga, eles nem teriam se conhecido, nunca teriam se beijado, muito menos feito amor. Quando Augusto viu Anabelle sem maquiagem pela primeira vez, sentiu-se ludibriado, porque de noite ela sempre estava muito pintada, como uma personagem de teatro, profissão à qual ela se dedicara quando muito jovem na Argentina. Por outro lado, como Betty Boop, Anabelle tinha um corpo bonito que não combinava bem com seu rosto engraçado e diferente.

A primeira vez que Augusto teve noção de seu amor por Anabelle foi quando passaram um feriado de Páscoa na vila de Trindade, próximo a Parati. Chegaram lá à noite e, pela manhã, ela decidiu levá-lo para conhecer o lugar, afinal, estivera lá pela primeira vez em 1975 e conhecia cada canto daquele pequeno paraíso. Para começar, foram à Praia do Cachadaço, onde existe uma piscina natural de pedras. Como o tempo estava chuvoso, não havia mais ninguém por lá, e os dois puderam aproveitar sozinhos aquele lugar mágico. Augusto ficou admirado de ver o prazer com que Anabelle nadava e mergulhava, e de como ela tinha vontade de continuar na água, quando ele já estava com frio e queria voltar para a praia.

À noite foram para Parati, onde encontraram Ju, uma das amigas de Anabelle dos velhos tempos, de quando ela chegara ao Brasil. Eles jantaram, beberam e voltaram para Trindade. No caminho, Anabelle dormiu no banco do passageiro, enquanto Augusto dirigia pela escuridão da Rio-Santos.

No dia seguinte, apesar do tempo frio, Anabelle insistiu para que fossem até uma cachoeira que ela conhecia. Augusto estava deitado na cama, sem vontade de levantar, mas ela insistia:

— Vamos, deixa de ser preguiçoso, seu molenga!

E lá foram os dois, atravessando novamente a vila até o caminho da cachoeira, que fica na montanha bem acima da Praia do Cachadaço. Anabelle ia na frente, já que conhecia o caminho, vestida apenas com um biquíni e um par de sapatos de lona. Numa certa hora eles se perderam e Augusto disse que era melhor voltar, pois o céu estava escuro e parecia que iria cair um pé-d'água.

— Deixa de ser bunda-mole — Anabelle disse, decidida. — Eu conheço o caminho, já estamos chegando. Vamos, é por aqui.

Nessa hora, Augusto olhou para ela, que estava um pouco acima na trilha, balançou a cabeça, como quem parece não acreditar no que está vendo, e pensou: "Olha só para essa retardadinha... como pode existir alguém assim?" e sorriu.

14

No *best-seller Alta Fidelidade*, o escritor Nick Hornby descreve desta forma o que ele chama de o "olhar de amor": "É provável que seja o olhar de indulgência benevolente que a mãe dá ao garotinho, ou um olhar de exasperação divertida, até mesmo um olhar de preocupação sofrida".

Se houvesse mais alguém com Anabelle e Augusto naquela tarde, no caminho da cachoeira em Trindade, certamente teria visto esse olhar no instante em ele parou para admirar a corajosa e destemida namorada. Tempos depois, Augusto perceberia a importância daquilo e sempre se lembraria desse dia como aquele no qual se rendeu à beleza da alma de Anabelle — e ao seu amor por ela.

Os dois continuaram morro acima e finalmente encontraram a cachoeira conhecida como Poço Fundo. Lá, Anabelle entrou na água fria e se banhou com imenso prazer na torrente prateada que vinha do alto da montanha. Ela chamou Augusto para entrar na piscina natural, mas este se recusou pois a água estava muito fria.

— Você parece uma velhinha... — ela comentou, rindo. — Tem frio, tem medo de tudo... hi, hi, hi, hi. Vem, entra! — E jogava água nele.

Augusto ficou olhando enquanto ela se banhava, rolava na pequena piscina que se formava entre as pedras, deixava a água fria e prateada cair no seu corpo, na sua bunda, e mais uma vez ele se rendeu ante a visão da beleza da alma de Anabelle.

Ele não sabia, mas naquele momento o destino trágico de sua vida estava selado.

15

O filósofo Immanuel Kant afirma em *Crítica da Faculdade do Juízo* que nós só temos a verdadeira experiência da beleza quando abandonamos nossos interesses pessoais ao apreciarmos algum objeto, quando olhamos para as coisas não com a intenção de usá-las para nossos propósitos ou satisfazer alguma necessidade ou desejo, mas apenas para assimilar o que elas são. Vemos a beleza real de alguma coisa quando colocamos nela nosso foco, não em nós mesmos.

É essa atitude desinteressada que permeia toda nossa experiência com o belo. Você não pode ver a beleza da alma de alguém quando está interessado por essa pessoa, quando projeta nela seus desejos e vontades, enfim, quando está apaixonado. O amor só acontece quando conseguimos ver a beleza da alma de alguém, e essa visão nos pega desprevenidos e nos comove, ocupando em nossa própria alma um lugar até então vazio, que nunca mais poderá ser preenchido por outra pessoa. E você só verá essa beleza se não estiver procurando por ela. É por isso que nenhum amor verdadeiro nasce de uma paixão. E é por isso que a própria paixão impede o nascimento do amor.

16

Depois do feriado em Trindade, Anabelle e Augusto foram tocando a vida: ele se dedicava aos preparativos para o lançamento de seu livro e ela cuidava de sua fábrica e loja. Os dois continuaram a sair na noite para dançar, se divertir e a vida parecia boa: ele vivia seu sonho de ser escritor e ela colhia os frutos de seu trabalho e curtia seu novo namorado.

Apesar de tudo correr bem, Augusto sabia que iria embora para a Europa depois de lançar seu livro e, ao mesmo tempo em que isso lhe dava liberdade e leveza com relação a Anabelle, algo começou a lhe incomodar: a ideia de que iria abandoná-la. Ele sempre imaginava o momento em que a deixaria no aeroporto, quando fosse embarcar; ele a via triste nessa imagem e isso lhe apertava o coração. Muitas e muitas vezes ele pensaria nisso, prevendo a tristeza que ela sentiria no futuro ao vê-lo partir e sentindo essa mesma tristeza: a compaixão por um sentimento que ainda não existia para ela, mas que um dia se tornaria realidade.

Ele procurava espantar esses pensamentos, e o frenesi daqueles dias o ajudava: além de frequentar a casa de seu editor — não só por causa do livro, como também pelos *happy-hours* turbinados a uísque que aconteciam lá toda tarde — dividia seu tempo saindo com Anabelle e com uma loirinha que conhecera no Vitoria Pub, numa noite que saíra com alguns amigos de infância.

A vida de escritor boêmio era tudo com que Augusto sempre sonhara, e aquele era o momento em que seu sonho parecia ter se realizado. Foi nessa época que ele começou a cheirar cocaína com Anabelle e os amigos dela, e isso também contribuía para aquele teatrinho de escritor maldito que criara para si mesmo.

Anabelle tivera sérios problemas com cocaína na década de 1980. Fora viciada em injeções na veia, mas naquela época em que conheceu Augusto tinha conseguido deixar para trás os tempos sombrios e usava a droga apenas socialmente. Augusto entrou nessa de cheirar de gaiato mesmo, por acompanhar seus próprios amigos de infância e Anabelle. No começo, ele foi contando todas as vezes que consumiu cocaína, até chegar à décima; depois disso, perdeu a conta.

Foi numa dessas vezes, que Augusto teve o primeiro *insight* a respeito do caráter irreversível e permanente do amor. Ele e Anabelle estavam na casa de um amigo dela, e foram conversar numa das varandas, que tinha vista para o Largo do Arouche. Brincando, Augusto disse a ela:

— Tô ferrado: eu nunca vou conseguir me livrar de você...

Os dois riram do comentário, como se fosse apenas uma brincadeira, mas ele sempre se lembraria daquilo e depois entenderia que o seu subconsciente já sabia, naquela noite, da irrevogabilidade do amor, e que *insights* são a maneira do inconsciente se comunicar com o lado consciente da nossa mente, aquilo que percebemos como realidade.

17

Então finalmente chegou o dia do lançamento do primeiro romance de Augusto, que aconteceu no Colúmbia, uma das boates em moda na época. Mais uma vez, toda aquela fauna de moderninhos e figuras da noite apareceu na festa, que avançou madrugada adentro.

Nas semanas seguintes, Augusto dedicou-se à divulgação do livro e deu entrevistas para jornais, rádio e TV. Também procurou uma empresa para distribuir os livros, pois seu editor não lidava com a distribuição, e fez mais uma noite de autógrafos, desta vez no lendário Vitoria Pub.

Durante as semanas que se seguiram ao lançamento do livro, ele se sentiu realmente um escritor, principalmente quando apareceu na televisão e depois que saíram boas críticas sobre seu livro nos jornais. Aquilo era tudo com que ele sempre sonhara.

Passada essa fase de correria da divulgação e da distribuição, não havia mais nada que Augusto pudesse fazer pelo livro. De acordo com seus planos, era hora de ir embora para Europa, mas o problema é que seu dinheiro havia acabado. Ele tinha gastado toda sua grana com a produção e impressão do livro, a divulgação, a festa e durante os meses que ficara curtindo aquela vida de escritor boêmio.

Se tudo tivesse ocorrido conforme seus planos, Augusto teria ido para a Europa logo após a publicação de seu romance, e toda aquela história louca com Anabelle teria acabado sem maiores consequências para a vida dos dois. Porém, como havia gastado todo seu dinheiro, não houve outro remédio além de ficar em São Paulo. Mas ele queria continuar sua "vida de escritor", já tinha a ideia para seu segundo romance e não queria voltar a dar aulas. Então Anabelle o convidou a trabalhar com ela, inicialmente em meio período, para que ele tivesse tempo de escrever, e ele aceitou.

18

Certa vez, vendo Anabelle descer a rua onde morava, Augusto notou que ela lhe recordava o personagem Caco, da Vila Sésamo; os olhos um pouco saltados e o mesmo jeito de sorrir balançando a cabeça. Passou então a chamá-la quase sempre de "Sapinha". Antes ele já lhe dera alguns apelidos carinhosos, como "Capetinha", que vinha do comentário "soy una capeta", feito por ela ao descrever algumas de suas diabruras; "Pequenininna", pois uma vez ela disse: "perto de você me sinto tão pequeninina, porque você é um 'homón'"; e vários outros, como "Retardadinha", "Capetusca" e "Sapuquinha". Também a achava parecida com a Mônica das histórias em quadrinho, dentuça e com os olhos saltados, e mais ainda com a Mônica bebê que aparecia em pacotes de fraldas descartáveis. Ela, por seu lado, quase sempre o chamava de "Gu", "Gutxinho" ou "Cessinha". Quando falava dele com suas amigas, querendo demonstrar posse, o chamava de "marito", porque tinha essa dificuldade de pronunciar o "do" em português.

19

Quando Augusto foi obrigado a ficar em São Paulo, teve início o período mais feliz de sua vida adulta. Às vezes, o que não planejamos pode ser o melhor que o destino nos reservou; ou, como diz o genial Zeca Pagodinho: "Deixa a vida me levar, vida leva eu."

Então Augusto começou a trabalhar com Anabelle na fábrica de sapatos na Vila Matilde, onde era encarregado geral e fazia compras de material e entregas. Nesse meio tempo, ajudou-a na mudança para um casarão dos anos 1930, com três andares, na Rua dos Franceses. Esse imóvel tinha grandes espaços abertos, mais ou menos como um *loft*, e uma varanda com uma bela vista para o Bixiga e as antenas da região da Avenida Paulista. No andar de cima, havia uma salinha de entrada, um banheiro e um espaço maior, onde eles montaram uma sala/quarto, com um grande sofá *chesterfield* em L, uma cama *king-size* e um armário aberto, que o próprio Augusto desenhou e montou. No andar do meio, fizeram uma cozinha aberta e dois quartos: um para o Jerônimo (o filho de Anabelle, a quem ela chamava de Xê, versão anabelliana para Jê) e outro para Rony (um amigo estilista que ajudaria a dividir o aluguel). No andar de baixo, no nível da rua, havia uma grande garagem com banheiro, com entrada por uma ruazinha sem saída, que várias vezes foi usada por amigos de Anabelle como abrigo temporário, enquanto não encontravam um lugar melhor para ficar na cidade.

Como a casa era muito grande, faltavam móveis para preencher os espaços, então o casal foi num sábado de manhã àquelas lojas embaixo do Minhocão, que vendem móveis antigos e usados, e comprou vários "achados": um enorme sofá tipo banana, verde-*new-wave*, que dava para sete pessoas; duas mesinhas de cabeceira anos 60, de fórmica laranja; uma mesa de centro *art déco* toda de vidro marrom, maravilhosamente *kitsch*; e até um vaporizador de rosto de acrílico rosa, que Anabelle achou divertido.

— Não é engraçado, Gu? — ela perguntava.

Augusto sorria, balançava a cabeça concordando, e pronto, ela comprava o achado.

A horrível e pesada mesa revestida de vidro foi parar no centro do quarto do casal, entre a cama, que foi colocada na parede do fundo, e o sofá *chesterfield*, que ficou na de entrada; o umidificador coroou a mesa, como um vaso de flores (o bizarro aparelho ainda funcionava e soltava umas bolhinhas, quando cheio de água). O sofá tipo banana foi colocado no grande *lounge* da cozinha aberta, descendo a escada, entre os quartos do Jerônimo e de Rony, e aquele espaço ficou perfeito para os almoços e jantares que eles começaram a fazer. Sem saber, tinham criado um ponto de encontro para toda aquela turma de moderninhos e *freaks* amigos de Anabelle.

20

Em seu livrinho de poesias, Augusto escreveu um poema sobre pés:

Par de pés do morto.
Pés me lembram mortos.
Pés imóveis, de unhas crescidas e sujas.
Não sei por quê, mas pés me lembram gente morta:
A figura do morto coberto de jornais,
os pés para fora, velas em volta.
Os mortos no necrotério ficam sempre com os pés para fora,
quer dizer, para fora daquele pano branco,
e a gente só vê os pês, com uma etiqueta no dedão.

Não gosto de pés.
Acho pé um negócio feio, cheio de dedos.
Mãos sim são bonitas, de dedos longos,
com movimentos que só algumas mulheres sabem fazer.
Em geral os pés acompanham as mãos:
mãos bonitas, pés bonitinhos.
Tive uma namorada que era bem bonita,
só que eu evitava olhar os pés dela, de tão feios.
Não que isso tenha importância,
mas você não pode amar alguém sem amar seus pés.
Os pés com meias ficam mais bonitos;
a forma é bela, pisando como bailarina.

Uma vez conheci um garoto que não tinha o dedão do pé.
Ele tinha perdido o dedo nos aros da roda de uma bicicleta
e quando caminhava sempre perdia o equilíbrio e caía.

O dedão é muito importante para o equilíbrio:
Sem o dedão, já para o chão.

Não gosto de pés. Mãos sim são belas.
Sapato apertado, salto alto.
Pé no chão, pé na bola, pé no saco, pé de bunda,
Pé sempre gelado no inverno, pé-de-atleta,
Frieira para coçar, unha encravada, chulé.
Pé para andar, para ficar em pé e tropeçar.
Pé na estrada, pé para ir embora e voltar.
Pé até para beijar, para fazer carinho e dançar.
Cubre-le los pies, diz o ditado espanhol.

Gosto dos pés dos bebês,
Dos pés gordinhos, de dedos bem pequenos
e de como eles fazem felizes
as avós de pés cansados e cheios de calos.

Quando Augusto escreveu este poema, que foi publicado em seu livrinho de poesias, ele certamente estava pensando nos pés de Débora, que eram bem bonitos. Mas, na época, ele ainda não sabia nada sobre o amor e que você pode amar uma pessoa e não adorar seus pés. O que ele não sabia é que, quando você ama alguém, o sorriso é a verdadeira porta de entrada para a alma do ser amado.

Ele descobriu isso certa vez, quando fumou maconha, algum tempo depois de conhecer Anabelle. Havia ganhado um pouco de fumo de uns amigos de infância e, numa tarde, fumou sozinho em casa. Teve uma visão da qual nunca mais se esqueceria: Anabelle caminhando em sua direção, envolta em brumas que giravam ao seu redor, sorrindo daquela maneira engraçada, enquanto cílios saíam voando de seus olhos, como se fossem pequenos pássaros que se desprendiam numa revoada. Então ele sentiu que seu próprio rosto se transformava no dela, suas feições e seu sorriso, e por alguns instantes as duas faces se fundiram numa só. Muitas e muitas vezes ao longo da vida ele sentiria isso acontecer, às vezes no cinema, outras quando achava algo engraçado ou se lembrava dela por algum motivo. O mesmo sorrisinho de criança levada.

"Você não pode amar alguém sem se render ao seu sorriso" seria o mais correto a escrever no poema de Augusto. E esse sorriso nunca muda aos olhos de quem ama, independentemente da idade do ser amado. Certa vez, ao ver uma foto de Anabelle de quando ela era criança, Augusto notou que o sorriso era exatamente igual ao que conhecia, e se emocionou ao ver a imagem. Muitos anos depois, ao ver no Facebook uma foto dela na festinha de aniversário de sua netinha, quando já tinha 64 anos, ele percebeu que o sorriso continuava exatamente o mesmo, e chorou novamente. A pessoa que ama está sempre a chorar quando algo lhe recorda o ser amado — uma música, um acontecimento ou um lugar do passado, às vezes com um nó que lhe tranca a garganta, principalmente quando ele está longe — ou então sorri quando se lembra de algo engraçado ou de sua risadinha: hi-hi-hi-hi.

21

Apesar do trabalho corrido na fábrica, Anabelle e Augusto nunca deixavam de sair à noite. Batiam cartão toda terça-feira no Columbia, onde alguns amigos dela promoviam um evento semanal que misturava arte e festa. A sexta era dia de encontrar o pessoal no Azê 70 e depois ir dançar no Massivo, o clube de vanguarda nos Jardins, que ficava bem ao lado da loja de Anabelle; ou então no Sra. Kravitz, para um *after-hours*. Sábado era dia de jantar no restaurante japonês, quase sempre no Yamamoto, cuja proprietária era amiga de Augusto.

Às vezes eles despirocavam um pouco, como numa sexta-feira em que tomaram meio ácido cada um e, ao amanhecer, resolveram ir até o Pico do Jaraguá, chegando lá com o sol já alto, vestidos com aquelas roupas estranhas com que saíam à noite. Eles não sabiam o caminho e, em vez de irem direto pela Rodovia dos Bandeirantes, se perderam lá pelos lados da Brasilândia e Jaguaré. Toda vez que paravam num bar ou padaria para perguntar o caminho, aproveitavam para tomar uma cerveja.

Outra vez foram vaiados na ruazinha do New York Bar, depois de uma festa à qual tinham ido fantasiados com algumas roupas do último desfile de Anabelle (ela usava uma capa feita de faixas verticais com as cores do arco-íris LGBT; e Augusto, um chapéu tipo egípcio, colete de couro e calças-pirata). Como a rua do bar ficava tomada pelo pessoal roqueiro e *grunge*, estes não perdoaram quando viram aquela dupla exótica "desfilando" por ali e vaiaram o casal. Os dois se mandaram de lá rapidinho.

Pouco tempo depois a loja de Anabelle começou a abrir nas noites de quinta, sexta e sábado, para aproveitar o movimento que havia na Alameda Itu por causa do Clube Massivo. Era o auge da agitação *clubber*/gay que tomara os Jardins no início dos anos 1990, e era uma boa ideia abrir a loja à noite. A rua ficava cheia de gente: *drag-queens*, turmas de gays, lésbicas, mauricinhos, patricinhas e curiosos em geral, que desfilavam entre os carros parados, numa verdadeira festa urbana. Quase sempre Anabelle e Augusto passavam por lá e ficavam circulando entre a loja e o bar da frente, bebendo e se divertindo com os amigos. Aqueles foram dias de glória para eles. "*Glory days, glory days...*", como cantava Bruce Springsteen.

22

Ao contrário de Augusto, que não se apaixonara pela namorada — mas se comovera ao vislumbrar sua alma —, Anabelle se apaixonou fortemente. Ela achava o namorado lindo, alto, simpático, adorava trepar com ele e, além de tudo, agora ele a estava ajudando na fábrica. Ela nunca ligou muito para o fato de ele ser escritor e ter publicado dois livros. Adorava ser vista com ele na noite, dançar e receber elogios pelo namorado tão "gato". Ele era o seu troféu, um símbolo do seu sucesso como estilista e empresária. E isso é como uma droga e vicia, muito.

— Acho que alguém está se apaixonando aqui... — brincou certa vez Frank, um amigo gay de Anabelle, ao vê-la obviamente "*in love*" por Augusto.

— Que sorte você deu, gringa... — comentava outro deles.

Já as amigas de longa data de Anabelle também não entendiam o que um homem tão bonito como Augusto vira nela e sempre perguntavam o que ela tinha feito para segurá-lo.

— Você deu uma bela chave-de-buceta no garoto, hein, Bella?! — costumava brincar sua amiga Marta.

E Anabelle ria, toda feliz, também não entendendo muito bem o que se passava com Augusto, mas sabendo que ele, no fundo, gostava dela.

As amigas de Anabelle não tinham como entender o que estava acontecendo entre ela e Augusto. Elas nunca haviam amado alguém de verdade.

23

O casarão da Rua dos Franceses abrigava Anabelle, Augusto, Jerônimo e Rony — sem contar os "agregados" que passavam algum tempo no andar da garagem, enquanto não encontravam um lugar para ficar na cidade —, de modo que sempre havia movimento no local. Anabelle adorava receber os amigos e costumava cozinhar para eles. Também faziam churrascos aos domingos e, às vezes, quando a escola de samba Vai-Vai ensaiava pelas ruas do bairro no começo da noite, toda aquela turma descia a rua e se juntava à multidão.

Nessa época, Augusto começou a fazer sushis e sashimis; havia aprendido a técnica ao observar os *sushimen* trabalharem nos restaurantes da Liberdade, e era comum eles chamarem os amigos para jantar. Enquanto Augusto preparava a comida japonesa, todo o pessoal se jogava no grande sofá-banana e nas cadeiras velhas, numa cena que lembrava um pouco a *Silver Factory* de Andy Warhol.

Passou a ser comum os amigos do casal se encontrarem na Rua dos Franceses antes de saírem para dançar e também quando voltavam da noite. O problema é que sempre aparecia alguém com pó, que era "esticado" na providencial mesa de centro do grande quarto do casal. Foi nessa época que Jerônimo batizou o local de "A Casa da Noite Eterna", em referência ao ritmo de entra-e-sai que rolava durante as madrugadas de sábado e domingo.

24

Assim como a loucura pode ser atraente, especialmente para quem não a tem (como Jack Kerouac e Augusto), e as pessoas loucas possam ser engraçadas e muito interessantes, o problema é que os loucos tendem a se comportar quase sempre — e não poderia ser diferente — como loucos.

A primeira vez que Augusto teve noção de que a loucura de Anabelle era real foi quando ela tentou se jogar do viaduto da Rua Galvão Bueno, bem do lado do Portal da Liberdade, aquele monumento vermelho que é o símbolo do bairro japonês de São Paulo. Eles tinham ido jantar no Yamamoto, e Anabelle entornou um monte de saquês, perdeu a linha e acabou dando um showzinho no restaurante. Na saída, Augusto a levou para andar um pouco, na tentativa de amenizar a bebedeira, mas aí ela começou a dizer que queria um pó, que queria um pó de qualquer jeito, e ele disse que não, que era melhor ir embora. Foi quando ela surtou e começou a trepar na amurada do viaduto, como se fosse se jogar na Radial Leste. Ele pulou em cima dela e a abraçou, ficando os dois apoiados no parapeito, enquanto ela gritava e chorava ao mesmo tempo:

— Me solta, me solta, eu quero um pó, eu quero um pó!

Augusto ficou abraçado a ela alguns minutos, dizendo que estava tudo bem, passando a mão em sua cabeça, até que, finalmente, ela se acalmou. Ele nunca soube se aquilo havia sido fingimento ou se ela tentara se jogar de verdade.

Anabelle também era encrenqueira e adorava um barraco. Por causa dela, Augusto passou sua única noite atrás das grades. Aconteceu após ela arrumar uma briga quando achou que tinham roubado alguma coisa de sua bolsa na chapelaria do Sra. Krawitz. Anabelle armou a confusão e pediu ao namorado que fosse até um orelhão para chamar a polícia. Os policiais chegaram e, no final, o casal foi parar na delegacia de Santa Cecília, onde Augusto, um pouco embriagado, ofendeu o delegado e foi preso por desacato à autoridade.

Também nessa época ele começou a descobrir o ciúme psicótico de Anabelle. Certa vez, novamente no Sra. Krawitz, ele estava tomando alguma coisa no bar, quando uma garota que conhecia de vista sentou-se ao seu lado. Eles estavam batendo papo não fazia nem um minuto, quando Anabelle apareceu enfurecida e saiu agredindo a menina:

— O que você tá querendo com meu "namorato", sua piranha?! — E se postou na frente da garota, que, sem entender nada, saiu correndo.

Augusto ficou chocado com aquilo, pois, segundo sua ótica cartesiana, não havia dado nenhum motivo para Anabelle ter aquele ciúme. Ele não gostou nada da cena, brigou com ela e foi embora sozinho, puto da vida. Foi andando de Santa Cecília até a casa de sua mãe, nos Jardins, enquanto o dia clareava. No caminho, jurou para si mesmo que não queria mais saber "daquela mulher louca". Enquanto andava, foi aos poucos se distraindo com a beleza da arquitetura daquela parte da cidade, com a Igreja do Coração de Maria e suas estátuas de anjos tocando clarinete, e com os belos edifícios do arquiteto Artacho Jurado. Ao chegar em casa já não sentia mais raiva de Anabelle. Ele aprenderia ao longo dos anos que uma das principais características do amor é a impossibilidade de sentir ódio ou raiva da pessoa amada por muito tempo, não importa quão grave tenha sido a ofensa recebida.

25

Apesar do ciúme paranoico de Anabelle e do pavio-curto de Augusto, os dois se davam bem e eram felizes juntos. Suas personalidades eram completamente diferentes: ela era uma pessoa forte e ele, frágil, mas se assemelhavam muito nos pequenos detalhes que tornam a convivência de um casal fácil e prazerosa. Gostavam do mesmo tipo de música, das mesmas comidas, de pizza e sushi, de dançar, do mar, de beber e tinham também aquela tendência de viver o momento, sem levar em conta se aquilo tinha futuro ou não.

Augusto se rendeu ao amor que tinha por Anabelle, apesar de ainda não ter uma noção clara de que aquilo era o amor verdadeiro e de que seu destino estava tragicamente atrelado ao dela. Por seu lado, Anabelle estava apaixonada e vivia como tal, num estado de completo embriagamento e leveza. A felicidade dela era tanta, que costumava dizer a ele:

— Te amo tanto que dói.

Os dois se davam bem na mesa, na cama e até no banho. Era comum eles se banharem juntos e Augusto costumava passar creme esfoliante nas costas de Anabelle, que tinha a pele daquela região do corpo com muitas marcas e protuberâncias, segunda ela causadas por todas as drogas que tinha tomado na vida. Anabelle era a "criança" de quem Augusto tinha que cuidar, o bebê que viera boiando numa cesta no rio da vida. E ele cuidava dela.

— Dá "beixinho", dá "beixinho" — ela costumava pedir. E era prontamente atendida.

A felicidade da casa ficou completa quanto o filho de Anabelle trouxe um cachorrinho poodle que era de sua namorada, mas o qual ela não queria mais pois era muito encapetado e aprontava muita bagunça. O bichinho se chamava Nick e logo virou parte da família. Sempre que uma visita chegava, o cachorrinho brincava, mordia a bunda dela, não parava quieto. Nessas horas, era comum Augusto se abaixar e ficar rosnando para ele, como se fosse outro cão, e todo mundo ria. A partir daí, eles sempre levavam Nick para todo lugar que iam, na feira, nas festas, no parque, na praia e até em restaurantes que permitiam entrada de cães.

Nessa época, Anabelle viajou à Europa, para pesquisar as tendências de moda nos calçados, e Augusto ficou tomando conta da fábrica e da loja. Ela mandou para ele um cartão de Paris, que dizia: "Ressaca. Estou no trem, feliz. P. Agora!!!". Essa última parte era uma brincadeira que ela fazia com Augusto quando queria transar: "Pinto Agora".

Depois de duas semanas, numa noite de domingo, Augusto foi buscá-la no aeroporto, mas ela não quis passar a noite em casa: sua intenção era fazer uma festinha num motel. Eles estavam rodando por uma avenida onde existem muitos desses estabelecimentos, quando passaram em frente à escola de samba Camisa Verde e Branco, e Anabelle disse:

— Para, para, que eu vou pegar um "papelcinho" na Escola de Samba.

— Mas você nem conhece ninguém aí... — Augusto comentou.

— Deixa comigo, que eu conheço todas as bocadas.

E lá desceu Anabelle, indo falar com alguns caras que estavam parados na frente da quadra da escola. Cinco minutos depois ela voltou com dois papelotes de cocaína.

Entraram no motel lá pelas onze da noite. Anabelle tinha comprado bebidas no *free-shop*, de modo que eles ficaram bebendo e cheirando, fazendo sua festinha particular. Ela havia trazido várias perucas compradas na Europa, com as quais os dois ficaram fazendo poses e tirando fotos. Depois que acabou o pó, eles continuaram a beber, tomaram um banho de hidromassagem e começaram a transar. Só foram embora do motel na noite seguinte, depois de transar nove vezes (e ainda mais uma quando chegaram em casa). Como diz aquela música dos Stones: "*If you start me up, if you start me up, I'll never stop, never stop, never, never stop...*"

26

Anabelle e Augusto estavam juntos fazia mais de um ano, e foi nessa época que ele, estranhamente, encontrou uma paz de espírito que raramente tivera antes. Estava feliz com a namorada, com o trabalho, e começou a escrever seu segundo romance. Numa visão doce da vida, ele se imaginava no futuro ao lado de Anabelle, escrevendo seus livrinhos numa casinha de bairro na cidade pela qual tinha fixação e a qual via de forma romântica. Ele adorava conhecer os bairros distantes que era obrigado a visitar por causa do trabalho, quando ia a fornecedores ou fazer entregas. Tirava desses bairros locações imaginárias para seu novo livro, que se passava na São Paulo do início dos anos 1980, uma época mítica para Augusto, o tempo dos punks, do rock paulista e do *underground*, um momento do qual ele não participara diretamente, pois era muito jovem naquela época, mas com o qual tivera contato em 1985, quando foi pela primeira vez à lendária casa noturna Madame Satã. Essa fixação que tinha pela cidade só passaria muitos anos depois, quando abriu sua própria casa noturna no bairro da Luz.

Naquele momento, ao lado de Anabelle, apesar das drogas e da loucura da noite, ele estranhamente encontrara paz dentro de si. Um dos últimos poemas que escreveu reflete a serenidade e um otimismo que ele nunca tivera:

É bom quando não acontecem acidentes na estrada
e todos voltam para suas casas.
É bom quando há justiça
bondade e honestidade.
É bom ver o amor
e é bom ver amor gerando amor.
É boa essa sensação de esperança
e esses momentos em que a vida parece valer a pena.

Quando lhe perguntavam por que tinha parado de escrever poesias, a resposta de Augusto era sempre a mesma:

— Ninguém deveria se meter a escrever poemas, a menos que eles saiam de você espontaneamente, como urina ou fezes, e que as pessoas gostem deles.

27

A vida teria continuado daquela maneira leve e feliz caso Augusto não tivesse se viciado em cocaína e sofrido dois infartos. O primeiro aconteceu num sábado, depois de voltar do Guarujá, onde tinha ido surfar com seu amigo de infância Marcelo. Passaram o dia no mar e, no final da tarde, foram tomar umas cervejas numa padaria na Praia de Pitangueiras. Quando voltaram para São Paulo, Marcelo ligou para um de seus amigos e foram comprar um pó. Os três ficaram cheirando até umas nove da noite, quando Augusto foi para a casa da Rua dos Franceses.

Chegando lá, encontrou Anabelle com duas amigas e, lógico, elas também estavam cheirando. Como todo viciado, Augusto não resistiu e começou a cheirar junto com elas. Um pouco depois que as amigas de Anabelle foram embora, ele começou a sentir seu braço esquerdo doer e formigar; a seguir, a dor foi subindo pelo membro e se alastrando por todo o lado esquerdo do seu tronco. Sentia o peito doer e, nessa hora, soube que estava tendo um infarto. O mais incrível é que, apesar da dor, ele tinha vontade de continuar cheirando, mas o pânico o impediu e ele começou a tomar leite, imaginando que aquilo poderia ajudar. Tomou um banho para relaxar, mas de nada adiantou.

Depois de meia hora, a dor não passava. Foi quando Anabelle decidiu que o melhor era procurar um pronto-socorro. Saíram às pressas, Augusto levando uma caixinha de leite longa-vida, e foram parar no hospital Nove de Julho — por uma ironia, onde ele havia nascido. Chegando lá, a dor foi amenizando e, quando foram atendidos, praticamente havia passado.

Anabelle contou ao médico o que havia acontecido e este explicou que a cocaína tinha essa propriedade, de contrair as coronárias e causar esse tipo de sintoma, mas, uma vez que a dor havia cessado, era provável que nada de mais grave fosse acontecer. Ele aconselhou Augusto a parar de usar a droga.

Voltaram para casa, Augusto tomou mais um banho, um calmante e dormiu.

28

Nos dias seguintes, Augusto ficou de molho e com depressão. Foi para a casa da mãe, onde se recolheu para recuperar-se do infarto. Ele sentia como se o coração tivesse tomado uma trombada de um caminhão e sofria dores residuais no peito. Jurou se afastar da cocaína e foi a um cardiologista. Este confirmou, após um eletrocardiograma, que Augusto realmente tivera um princípio de infarto do miocárdio, mas que seu coração, talvez por causa de seu passado de esportista, tinha aguentado a pancada.

Ele ficou nesse retiro por duas semanas e, num gesto simbólico para marcar o que havia acontecido, raspou a cabeça. Quando se sentiu melhor, voltou a trabalhar; realmente ficou longe do pó por algum tempo, mas, como todo viciado, acabou recaindo na droga, principalmente porque todo o ambiente em que convivia era cercado por viciados: sua namorada, seus amigos de infância, a noite e a casa onde morava, tudo conspirava para que voltasse a cheirar. E foi o que aconteceu.

No começo, era só um "tirinho", mas, depois de um tempo, caiu na velha rotina, se esquecendo que estava cutucando a morte com vara curta. Ele estava no fundo do poço a que todo viciado um dia chega, mas não conseguia parar com a droga. Comentou com a namorada que os dois precisavam sair daquela merda de vício, mas Anabelle não ajudava muito, afinal, na cabeça dela, não havia perigo em dar uns "tirinhos" de vez em quando, se comparado com o terror das injeções na veia que havia superado alguns anos antes.

A situação ia se agravando aos poucos, e Augusto cheirava duas a três vezes por semana. Foi então que começou a entrar em parafuso e sentiu que tinha de se afastar daquela vida. A morte de Kurt Cobain, no início de 1994, soou como um aviso para ele: cai fora dessa, cara!

Por causa do pó e dos ciúmes de Anabelle, os dois brigaram feio no final de abril, e Augusto prometeu a si mesmo que ia se afastar "daquela louca". Mas a promessa durou poucos dias, até o 1º de maio, quando viu o acidente de Ayrton Senna na TV.

— Puta merda, o Ayrton Senna morreu! — ele disse para a mãe assim que viu a batida do carro contra o muro em Ímola. E, batata, o ídolo seria dado como morto poucas horas depois. A angústia tomou conta de Augusto e a primeira coisa que lhe ocorreu foi ligar para Anabelle, pois só ela podia aliviar a tristeza daquele momento. Assim eles fizeram as pazes mais uma vez.

29

Quatro meses depois do primeiro infarto, aconteceu o segundo, dessa vez de uma forma totalmente diferente. O casal havia saído no sábado com aquela turminha da pesada dos amigos de Anabelle e, de manhã, foram parar no apartamento do artista plástico Zezito Coimbra, onde ficaram bebendo cerveja e cheirando até o começo da tarde, quando finalmente "capotaram" no quarto que servia de estúdio para o artista. Quando acordaram, já no início da noite, beberam uma cerveja antes de irem para o casarão da Rua dos Franceses, onde tomaram banho, jantaram e foram dormir.

Na madrugada, Augusto acordou novamente com o braço atacado por forte dor e o lado esquerdo do tronco paralisado, obviamente tendo um novo infarto, dessa vez mais forte que o anterior.

— Vou morrer, vou morrer — ele dizia, com a mão sobre o coração, visivelmente em estado de choque.

Nessa hora, Anabelle tratou de acalmá-lo e levá-lo ao banheiro, onde o colocou embaixo do chuveiro quente. Augusto se sentou no chão e procurou respirar fundo, para não perder o controle.

— Me traz leite — ele pediu a Anabelle, e tomou dois copos cheios do líquido branco.

Dessa vez, ficou meia hora debaixo do chuveiro, respirando fundo e bebendo mais leite. Quando finalmente saiu do banheiro, a dor havia diminuído um pouco, mas seu tronco parecia congelado sob um profundo torpor. Novamente, no meio da noite, saíram correndo atrás de um hospital, Augusto segurando sua caixinha de leite, da qual dava um gole a cada minuto. Quando chegaram à entrada do pronto-socorro, mais uma vez a dor tinha passado e eles nem sequer chegaram a entrar no prédio. Augusto, depois disso, entrou em parafuso e depressão, dos quais não encontrava saída. Foi quando decidiu que tinha de ir embora.

30

Finalmente decidido a ir para a Europa, nada mais pôde segurar Augusto em São Paulo. Ele sabia que sua vida corria perigo por causa da cocaína e que não havia como sair daquela roubada continuando na cidade: para todo lado que olhasse ou fosse, o vício o perseguia. Ele só tinha uma certeza: precisa cair fora para salvar sua vida.

Tudo aconteceu muito rápido depois que tomou a decisão: vendeu as poucas coisas que tinha (computador, impressora, prancha de surf) e, para arrumar um pouco mais de dinheiro, vendeu uma moeda de ouro de sua mãe, o que no total lhe rendeu uns 800 dólares. Comprou a passagem a prazo e em menos de um mês tudo estava pronto para a viagem. Ele tinha dois amigos que moravam em Milão, e seu plano era se mandar para lá. Depois iria para Londres, onde ficaria algum tempo.

Os planos eram confusos, mas Augusto só tinha uma certeza: tinha que ir embora o quanto antes. Mas havia Anabelle. Ele sempre imaginara aquela cena triste em que a abandonaria no aeroporto, e finalmente o momento havia chegado. Mas não havia mais como recuar.

Anabelle levou Augusto ao aeroporto de Cumbica, junto com a mãe e o pai dele, que viera do Rio se despedir (e também trazer um pouco de dinheiro para ajudar o filho). Na noite anterior, o casal fizera uma festinha de despedida, por isso Augusto embarcou ainda de ressaca, confuso e ao mesmo tempo aliviado. Havia mentido para a namorada, dizendo que iria fazer uma viagem rápida, mas a verdade era que pensava ficar lá um bom tempo. Ele não tinha como saber que essa sua decisão iria arruinar a vida de Anabelle.

SEGUNDA PARTE

1

É do senso comum que nas relações amorosas a pessoa mais apaixonada é a que vai sofrer mais. Na literatura, essa conclusão simples aparece com frequência, como no romance *Varenka Olessova,* no qual Maksim Górki descreve a constatação desta maneira: "No jogo do amor, a vitória é de quem ama menos sobre quem ama mais". A afirmação é clara e simples, mas é preciso entender que "jogo do amor" não envolve o amor verdadeiro, mas a paixão, esse sentimento comum, intenso e às vezes muito doloroso, mas inevitavelmente passageiro. A versão mais correta da frase do escritor russo seria: "No jogo das paixões, a vitória é de quem está menos apaixonado".

Uma das características principais do amor é que ele não é quantificável, não é passível de numeração ou comparações, ao contrário da crença popular, que costuma fazer classificações como o primeiro amor, o grande amor de sua vida, o último amor, amor profundo, novo amor, amor passageiro, amor à primeira vista etc. É óbvio que o termo amor deveria ser substituído por paixão em todas as citações acima.

O amor, se for verdadeiro, é único e imensurável, é um monólito indestrutível que não se desgasta com o tempo, não é corroído pelo ciúme, pela raiva ou pela razão. Ele sobrevive até a última batida do coração do azarado (ou seria privilegiado?) no qual se instalou. No jogo do amor verdadeiro, não há vencedores.

2

Quando fugiu apressadamente para a Europa, Augusto só tinha uma certeza: se ficasse no Brasil, iria morrer por causa da cocaína. Os dois infartos que tivera foram avisos bem claros e ele não queria arriscar uma terceira chance.

Como tinha pressentido desde o início, aqueles momentos antes de deixar Anabelle para trás foram dolorosos e tristes, mas ele sabia que não tinha alternativa, então respirou fundo e foi embora. O que ele não sabia é que a lembrança dela o perseguiria o tempo todo, não importando para onde fosse. E essa seria a marca principal da viagem: uma tentativa inútil de esquecer o amor que sentia.

Nos primeiros dias após chegar à Itália, a novidade e a excitação de estar em um país diferente afastaram seu pensamento de Anabelle, mas não demorou muito até que a lembrança da "Sapinha" começasse a persegui-lo. Quando decidiu que tinha de ir embora do Brasil, a primeira ideia que lhe veio à cabeça foi retomar seu antigo sonho de viver na Europa por um tempo, mas agora havia um problema: ela. Foi então que cometeu a primeira canalhice de uma série: disse a Anabelle que iria ficar fora dois ou três meses no máximo, quando pensava permanecer por mais de um ano. Mentir assim fez seu coração se encolher, mas não queria magoá-la e achava que com o tempo ela o esqueceria, sem dor.

3

Apesar do amor que sentia por Anabelle, Augusto ficara por anos com uma fixação por mulheres que lhe recordassem Débora, por quem tivera até então o maior tesão de sua vida e com quem transara apenas uma vez.

Na primeira semana em que estava em Milão, ele conheceu em um bar uma italiana loira que lhe lembrava muito sua antiga paixão — de costas, ela tinha o cabelo longo e liso e o mesmo tipo de corpo — e ele, depois de várias cervejas, pediu-lhe o número de telefone. Ligou para ela no dia seguinte e, apesar de não falar italiano, conseguiu se comunicar em espanhol e ficaram de se encontrar naquela mesma noite em um famoso bar no Corso Magenta. Foi ao encontro acompanhado de seu amigo Pará e, apesar de este falar a maior parte do tempo, Augusto e Daniela — esse era o nome da italiana — se entenderam bem e ficaram de se encontrar novamente nos dias seguintes.

No segundo encontro, Augusto foi sozinho e Daniela ficou de apanhá-lo na porta de uma estação de metrô;

em seguida foram a um bar na região de Brera. Depois de vários *drinks*, os dois se beijaram e foram parar no apartamento dela.

Por um desses caprichos maldosos do destino, Daniela era solteira e morava sozinha num estúdio em um bairro nobre da cidade. Os dois passaram a noite juntos e, no dia seguinte, Augusto foi acordado com café quente e torradas. Daniela, apesar de ser interessante, fina e educada, não era propriamente bonita, e no fundo era uma mulher carente. Ela acabou se encantando com aquele belo e diferente brasileiro. Os dois se encontraram várias vezes nos dias seguintes e começaram um tipo de namoro despretensioso.

Augusto sentia-se lisonjeado por receber tanta atenção de uma italiana da classe alta de Milão. Estava gostando da aventura e, num fenômeno que poderia ser chamado literalmente de "transmissão de tesão", estava dando vazão a todo o desejo que tivera por Débora e que ficara reprimido por vários anos. Quando transava com Daniela, chegava mesmo a imaginar ser ela a sua antiga paixão, principalmente quando a moça estava de quatro, satisfazendo assim o desejo por aquele corpo que lhe fora negado por tanto tempo.

4

Enquanto estava com Daniela, Augusto tentava se esquecer de que deixara Anabelle sozinha no Brasil. Mandou-lhe um cartão postal de Veneza, no qual perguntava como iam as coisas e lhe informava que em breve estaria na Espanha, onde tinha parentes e havia planejado passar um tempo antes de ir para Londres, seu destino final. Ao escrever o cartão, ele sentiu a angústia de estar mentindo e enganando a pessoa a quem mais queria bem no mundo e de quem deveria cuidar, em vez de abandoná-la sozinha num país perigoso e cruel. Colocou o postal numa caixa de correio e tentou enganar a tristeza tomando algumas cervejas.

Quando voltou de Veneza, continuou se encontrando com Daniela e se encantou com o jeito compreensivo da italiana, que fazia tudo para agradar seu "amico brasiliano". Augusto sentia naquela atenção uma revanche ao desprezo que sofrera por parte de Débora alguns anos antes, como se Daniela estivesse provando para todo mundo que ele era merecedor de uma namorada daquele nível. Para completar essa revanche, mandou um cartão postal para Débora, no qual dizia que estava morando em Milão e que arrumara uma namorada que era uma sósia dela. Sentiu-se, desse modo, vingado e com o ego recolado em seu devido lugar. Alguns dias depois, em São Paulo, Débora recebeu o cartão e não deu a mínima importância àquilo.

Foi numa noite em que estava com Daniela no apartamento de seu amigo Pará que Augusto colocou o primeiro prego no coração de Anabelle, quando atendeu o telefone e, ao notar que era ela, fingiu que a ligação estava ruim.

— Alô, alô, não estou ouvindo — E desligou o aparelho na cara dela. Sentiu um vazio no estômago e rapidamente foi embora com a namorada italiana, para não ter que atender novamente o telefone. Ele imaginava que a "tática do avestruz" — de enfiar a cabeça num buraco e se esquecer do mundo — daria certo, e que Anabelle se esqueceria dele — e vice-versa.

No dia seguinte foi para Roma, onde ficaria alguns dias, e de lá seguiria para Florença, onde combinou de encontrar-se com Daniela no final de semana.

5

Augusto foi para Florença sozinho e passou alguns dias conhecendo a cidade. Na sexta-feira, Daniela chegou e os dois passaram juntos um final de semana realmente romântico. Apesar de ser italiana, ela não visitava aquela cidade desde quando era muito nova, de modo que o namorado serviu de guia turístico, mostrando os lugares que havia conhecido nos dias anteriores. No final da tarde de sábado, após andarem pela cidade toda, sentaram-se num dos pilares da Ponte Santa Trinitá, a primeira depois da famosa Ponte Vecchio, de onde assistiram ao pôr do sol sobre o Rio Arno. Naquele momento, Augusto foi tomado pela sensação de estar vivendo algo muito bonito e chorou, comovido. Foi quando se lembrou de Anabelle e chorou então profundamente, tentando segurar os soluços. Daniela se emocionou ao vê-lo aos prantos e caiu em lágrimas junto com ele. Então os dois se abraçaram e se sentiram muito próximos um do outro. Ele chorava pela emoção do momento e principalmente pela lembrança de Anabelle; ela chorava pela beleza do que estava acontecendo e por saber que aquilo não duraria muito tempo.

Depois que escureceu, eles se perderam pelas ruas escuras da margem esquerda do Rio Arno e encontraram uma pequena cantina fora do circuito dos turistas, onde jantaram, beberam e depois fumaram alguns cigarros. De volta ao hotel, fizeram amor de maneira suave, embalados pelo vinho e comovidos pela beleza do momento que estavam vivendo juntos. Voltaram para Milão no final da tarde de domingo, realmente muito próximos um do outro na cabine da classe econômica do trem, enquanto o vagão sacolejava pela planície da Emilia-Romagna.

De volta à cidade, Augusto aproveitava as tardes frias e com neblina para escrever capítulos de seu segundo romance, à noite se encontrava com Daniela e nos finais de semana os dois viajavam pelas cercanias. Ela o levou para conhecer os Alpes, onde a família dela tinha um chalé perto do famoso Monte Branco. À noite, na estrada, quando viu as montanhas nevadas brilhando sob a luz da lua no Vale de Aosta, Augusto viveu uma epifania, assombrado por existir algo tão belo. Dessa vez, ele não se lembrou de Anabelle.

Daniela era a melhor anfitriã que alguém poderia encontrar e ele se deixou levar pela beleza da Itália, pelo momento que estava vivendo e as atenções que recebia de sua nova namorada; chegou a sentir-se levemente apaixonado por ela. Naquele final de semana na montanha, ele prometeu que voltaria depois de visitar seus parentes na Espanha, e os dois fizeram planos de retornar aos Alpes. Em duas semanas, ele partiu para Barcelona, e Daniela chorou quando o viu embarcar na Estação Central de Milão.

6

Augusto passou duas semanas em Barcelona com seus tios e primos; logo seguiu para Madri, onde visitou seus parentes na capital espanhola; e finalmente se dirigiu a Toledo, para conhecer a cidade onde sua mãe nascera e os parentes daquele lado da família. Lá passou as festas com seus primos que, para sua surpresa, lhe ofereceram cocaína na noite de Réveillon. Augusto resistiu bravamente à oferta da droga e se sentiu vitorioso na sua luta contra o vício. Também ficou surpreso por descobrir que o maldito pó tinha chegado ao interior da Espanha. Imaginou o que sua finada avó, que nascera e crescera naquela cidade, iria pensar se soubesse que na antiga Toledo havia a "droga do diabo".

Findas as festas, Augusto não sabia o que fazer: se retornava ao Brasil, se seguia para a Inglaterra ou se voltava para a Itália, onde Daniela o esperava. Ela havia insistido muito para que ele voltasse e sempre lhe recordava, ao telefone, de sua promessa de ir novamente para os Alpes, onde tinham passado momentos maravilhosos e onde ela o ensinaria a esquiar.

Depois de completar seu roteiro na Espanha, Augusto se sentia angustiado e perdido: seu coração dizia que ele tinha que retornar ao Brasil para cuidar de Anabelle, mas, ao mesmo tempo, sabia que se voltasse tão cedo iria recair na maldita cocaína e que isso poderia lhe custar a vida. Podia ir para a Inglaterra e arrumar um subemprego lá (ele tinha o telefone de um amigo de faculdade que vivia em Londres). E, por último, havia a sedutora opção de voltar para Milão, onde tinha uma namorada carinhosa e uma cama quente para passar o inverno. Sem saber o que fazer, tomou mais um porre e no dia seguinte decidiu-se por retornar à Itália, a opção mais cômoda e simples.

7

De volta a Milão, o reencontro com Daniela foi como uma lua de mel. Ela foi recepcioná-lo na estação de trem, ficou imensamente feliz e o recebeu como um verdadeiro príncipe. Dessa vez, Augusto ficou no apartamento dela, no centro da cidade, e os dois viveram dias de uma deliciosa intimidade. Logo no primeiro final de semana, foram novamente para as montanhas, que dessa vez estavam em todo o seu esplendor de inverno.

O chalé da família de Daniela ficava na cidade alpina de Courmayeur, aos pés do Monte Branco. Lá, Augusto alugou uma prancha de *snowboard* e rapidamente aprendeu os rudimentos do esporte. Os dois passaram vários finais de semana idílicos nas montanhas, trepavam muito e, certa vez, ele pensou que os orgasmos de Daniela causariam uma avalanche nas encostas próximas ao chalé da família Romagnoli, tamanho escândalo que a namorada fazia.

Durante a semana, ela trabalhava e ele, para ajudar com os gastos, começou a fazer bicos, como entregar panfletos de supermercados nas cidades do entorno de Milão. Não ganhava muito com esse tipo de trabalho, mas ao menos cobria os gastos dos finais de semana na montanha. Levava uma vida de opostos, trabalhando como ralé nos dias de semana e gastando como um playboy nos *weekends*: iam para a montanha, para o litoral da Ligúria, onde a família Romagnoli tinha um apartamento, e saíam muito à noite em Milão, indo a *vernissages*, bares e às casas dos amigos de Daniela.

O casal chegou a ficar muito íntimo nos meses que passaram juntos. Augusto era muito brincalhão com Daniela, a quem chamava de Dany, como ela era conhecida por seus amigos e família. Também batizava tudo que fosse dela com esse prefixo: a bicicleta era Danycleta; o carro, Danymóvel; o apartamento, Dany-house, e assim por diante. Ela o chamava do mesmo jeito que seus amigos brasileiros: Guto ou Gutão. Daniela chegou até a dar um apelido ao pau de Augusto, que passou a ser o "Messicano", por causa de uma brincadeira que fizeram com um chapeuzinho tipo mexicano (sombrero), que vinha junto das garrafas de tequila José Cuervo, com qual costumavam fazer margaritas geladas.

A vida de casado em Milão era doce para Augusto, mas o lado amargo eram as lembranças de Anabelle e as canalhices que estava cometendo: pediu à sua mãe que não desse a ela o telefone da casa de Daniela, apesar dos insistentes pedidos que a pobre mulher fizera. A mãe de Augusto pensava que, assim, estava protegendo seu filho da influência negativa da "argentina".

A doce vida ao lado de Daniela continuou por todo o inverno e o início da primavera, quando Augusto notou que seu dinheiro estava acabando. Ele já não tinha uma passagem aérea para voltar para casa e percebeu que, se continuasse em Milão, não teria como ir embora. Decidiu se mandar para Londres.

8

A atitude de Augusto poderia facilmente ser classificada como cafajeste e interesseira, já que ele conseguira se proteger do frio europeu da melhor maneira que alguém poderia imaginar. Mas as coisas não eram tão simples assim: ele sabia que, no Brasil, seu destino era certo: a cocaína e o caixão. Ele também gostava de Daniela, que o seduziu com os encantos de mulher do velho mundo, e encontrou nela uma compreensão que não tinha com a namorada do Brasil. No fundo, ele não sabia mesmo o que fazer, pois, racionalmente, tinha noção de que Anabelle era a maior encrenca de sua vida, mas seu coração se apertava por sua "Sapinha". Tentou se livrar dela da maneira mais suave possível (ao menos ele pensava ser assim). Como aconteceu com Tomas em *A Insustentável Leveza do Ser,* que foi abandonado por Tereza em Zurich e imaginou que assim se libertava dela, Augusto também se iludiu ao imaginar que conseguiria se livrar do pesado fardo do amor verdadeiro.

Enquanto tentava se esquecer de seu amor trágico, esquiando nos Alpes italianos e transando com Daniela, ele ignorava que Anabelle entrara em parafuso e, como todo viciado, descontava sua tristeza na droga, muita droga.

9

Deixar Daniela e partir para Londres foi outra novela em meio a um dramalhão que já beirava o tragicômico. A italiana não queria que Augusto partisse e fez de tudo para segurá-lo em Milão, mas ele sabia que aquele ciclo havia terminado e que não tinha mais sentido em ficar na Itália. Outra vez ela o levou à estação central, para mais uma despedida. O que amenizou o clima de coração partido foi que Daniela ficou de visitá-lo em Londres, assim que ele estivesse estabelecido por lá.

Augusto foi de trem até Paris, passou lá um dia e uma noite, subiu na Torre Eiffel e seguiu sem demoras para Londres. Tinha pouco mais de 300 dólares e o telefone de um amigo de faculdade, mas nem sabia se encontraria alguém naquele número. Assim que chegou, arrumou um albergue barato para se hospedar e deixou uma mensagem na caixa postal do amigo. Para sorte de Augusto, esse camarada ainda estava na cidade e eles se encontram depois de um ou dois dias. E por mais sorte ainda, Duda, o nome de seu amigo brasileiro com quem tinha estudado na faculdade de engenharia, o convidou para morar em seu estúdio, que dividia com Chiaki, sua namorada japonesa, original de Tóquio.

A história é que Augusto logo encontrou um emprego de entregador de pizzas e começou a trabalhar para juntar dinheiro e sobreviver na capital inglesa. Resumindo, foram seis meses entre muito trabalho e muita bebida, tentando esquecer-se de Anabelle.

Augusto não sabia o que se passava no Brasil. Ele imaginava que Anabelle se esqueceria dele e levaria sua vida em frente, como qualquer mulher normal; mas ela não era normal. De acordo com o raciocínio cartesiano de Augusto, quando ele havia conhecido Anabelle, ela tocava sua vida sozinha, sua fábrica e lojinha e, acreditava ele, quando a abandonasse, ela continuaria da mesma forma. Por que não? O fato é que ela entrou em parafuso quando percebeu que ele não voltaria, e se afundou na cocaína, negligenciando o trabalho e brigando cada vez mais com o filho, que não a ajudava em nada na fábrica ou na loja. Este sempre dizia a ela: "Fecha logo essa merda de fábrica que só dá prejuízo". O que não era verdade, pois o negócio estava indo bem quando Augusto foi embora.

10

Enquanto isso, Augusto continuava a trabalhar em Londres, dando um duro danado nos primeiros meses para economizar dinheiro. Daniela foi visitá-lo duas vezes e eles conheceram lugares como Bath, Stonehenge, Sallysbury e Brighton. Na última vez que se encontraram, a despedida foi muito triste, pois ela sabia que nunca mais o veria. Na derradeira noite que passaram juntos, ela chorou enquanto transavam, sentada sobre o namorado, e suas lágrimas caíam no rosto dele. Foi uma despedida melancólica.

O trabalho duro continuava e, toda noite, quando voltava da pizzaria, Augusto tomava um banho e depois dava umas tragadas num cigarro de maconha para relaxar. Na cama, seu pensamento invariavelmente o levava a Anabelle, e ele se lembrava de tudo que tinham vivido juntos, da felicidade, do jeito engraçado como ela falava e de sua maneira de ser, até que o sono lhe trazia de volta a paz.

Nos poucos dias de descanso que tinha, geralmente às terças-feiras, ele se embriagava completamente. Numa dessas vezes, ligou para sua mãe e esta comentou que Anabelle estava indo para a Inglaterra, atrás dele, mas, no meio da embriaguez, Augusto não entendeu direito o que isso significava. Confessou à mãe que sentia saudade dela, mas esta, mais uma vez, se recusou a dar o telefone de Augusto para a indesejada nora.

11

Depois de sete meses trabalhando praticamente sem parar, um dia Augusto brigou com o dono da pizzaria e abandonou o trabalho. Resolveu que era hora de voltar para o Brasil, mas antes foi visitar uma prima que era casada com um escocês e vivia em Edimburgo. Passou uma semana na casa da prima, conhecendo a bela capital da Escócia e as Highlands, e sentiu um estranho otimismo quando subiu no alto da torre conhecida como Nelson Monument e avistou, ao longe, a antiga ponte de aço de Firth of Forth, que conhecia daquelas coleções de livros para crianças que lera na infância. Sentiu que era mesmo hora de voltar para casa.

De volta a Londres, arrumou suas coisas e se preparou para ir embora. Foi jantar com Duda e Chiaki, beberam, e no dia seguinte o casal o acompanhou até o Aeroporto de Heathrow, onde brindaram mais uma vez à amizade e finalmente se despediram. Augusto entrou no avião meio tocado pelas cervejas que bebera com os amigos e continuou a beber a bordo, até que adormeceu. Acordou sobre o Brasil.

TERCEIRA PARTE

1

O romance *A Insustentável Leveza do Ser* — junto com o filme *Carrington* — ajudara Augusto a entender o que era o amor verdadeiro e a tragédia que acontecera em sua vida, daí sua importância para ele. O nome do famoso livro do autor tcheco provém do mito do eterno retorno de Nietzsche (resumidamente, que a vida seria leve por não se repetir nunca mais), uma ideia que sempre parecera sem sentido a Augusto: algo como tentar provar um teorema por absurdo, partindo-se do próprio absurdo. E o que Nietzsche faz é partir de um absurdo (ou seja, que todos os instantes da vida se repetem infinitamente), para chegar a uma pretensa verdade: o fato de que, justamente por não se repetir mais, tudo na vida, no final, seria leve como uma pluma.

"Mas como todo esse sofrimento seria leve?", se perguntava Augusto, ainda sem saber que as escolhas que fizera estavam arruinando a vida de Anabelle e também a sua.

Muitos anos depois, carregando na consciência o peso dos erros do passado, finalmente Augusto entendeu o que Nietzsche queira dizer: se o que fizemos na vida determinasse como seríamos julgados num suposto "juízo final", ou acumulado como carma, e tivéssemos que pagar por isso por toda a eternidade, cada ato nesta vida seria infinitamente pesado; estaríamos condenados a sofrer para sempre por erros infantis e atos mal pensados em nossa breve existência neste planeta. Ele finalmente compreendeu que a ideia do eterno retorno nada mais é do que uma metáfora do mito da existência eterna e, para nossa sorte, como nossa vida nunca mais se repetirá, ela é leve, se comparada com o sofrimento infinito.

O trecho final da crônica *Passou,* do escritor capixaba Rubem Braga, resume bem o que Augusto demorou tanto tempo para entender: "Coragem, a Terra está rodando; vosso mal terá cura. E, se não tiver, refleti que no fim todos passam e tudo passa: o fim é um grande sossego e um imenso perdão."

2

Enquanto Augusto juntava dinheiro em Londres para voltar ao Brasil, Anabelle entrou num parafuso completo: cheirava cada vez mais, descuidava-se do trabalho, brigava com o filho, até que, de uma hora para outra, decidiu ir atrás do namorado. Pediu a Jerônimo (que tinha 23 anos na época) que cuidasse da fábrica enquanto ela estivesse fora, mas este disse que não poderia, por causa da faculdade e dos seus treinos de *jiu-jitsu*. Foi então que ela decidiu fechar a loja, desmontar a fábrica e mandar tudo à merda.

Na verdade, Anabelle gostava do status e do dinheiro que sua fábrica e loja proporcionavam, mas não gostava de ser escrava do trabalho e da dor de cabeça que era ter empregados e todo o resto que acompanha ser um empresário no Brasil. Ao longo de toda sua vida, ela sempre fora livre para fazer o que quisesse, na hora que bem entendesse, como ir para a praia no meio da semana, sair à noite ou acordar tarde.

A ideia de começar a fabricar sapatos fora do terceiro marido de Anabelle, e ela o financiara com dinheiro de sua família. Os dois trabalharam juntos por três anos, até que se separaram, nada amigavelmente, e ela comprou a parte dele no negócio. Depois, Augusto a ajudou por quase dois anos e, quando ficou sem ele, ela finalmente chegou ao ponto de ruptura. Ajudada pela loucura e pelas drogas (sem falar no desprezo do filho pelo negócio), mandou tudo às favas. Guardou o maquinário no sítio de uma amiga, liquidou as faturas e se mandou para a Europa.

Anabelle, assim como Augusto antes de partir, estava perdida e só tinha certeza de uma coisa: precisava encontrar o marido que a abandonara. Ela sabia que, se ele a visse, ficariam juntos de novo, pois tinha certeza de seu poder sobre ele.

Em Londres, ela ficou na casa de seu amigo Demétrio, um DJ que ela conhecia havia muitos anos. Augusto também o conhecia, pois ele se hospedara durante algum tempo na casa deles na Rua dos Franceses. Na verdade, era para Augusto ter ficado na casa do DJ assim que chegasse a Londres, mas desistira da ideia porque Demétrio e sua turma pegavam pesado com todo tipo de droga, inclusive heroína, e ele sabia que tinha que se afastar das drogas e que era uma roubada ficar lá. No fundo, também queria se afastar de Anabelle e sabia que ela o encontraria caso ficasse na casa do DJ.

Anabelle disse a Demétrio que Augusto estava em Londres, entregando pizzas, e que queria procurar por ele. O amigo riu e disse que aquilo era praticamente impossível, pois havia milhares de pizzarias em Londres e encontrar a certa era como procurar uma agulha num palheiro. Mas ela afirmou que iria tentar e durante dois dias ficou perambulando pelas ruas da grande cidade, com um guia na mão, indo de pizzaria em pizzaria, perguntando se alguém conhecia um brasileiro alto que entregava pizzas.

Cansada e desanimada por não encontrar nada, Anabelle desistiu de encontrá-lo e tomou um porre para celebrar a tristeza. Depois de duas semanas em Londres, decidiu ir para Amsterdã, onde tinha uma amiga. Lá, sentindo-se abandonada e sem vontade de viver, ficou largada algumas semanas, andando de bicicleta pelos canais, pensando no que iria fazer dali em diante, mas não tinha certeza de nada. Decidiu então usar o dinheiro que lhe sobrara para comprar determinada quantidade de comprimidos de ecstasy, o que renderia um bom dinheiro no Brasil. Quando chegou no Aeroporto de Cumbica, respirou fundo e passou sem problemas pela aduana. O dinheiro dos ecstasys ajudou a pagar a faculdade para que o filho se formasse.

3

Augusto chegou a São Paulo otimista e cheio de planos para continuar sua vida: iria prestar vestibular novamente e estudar Publicidade, terminar seu segundo romance e levar uma vida saudável, longe das drogas e do álcool, que só beberia raramente em ocasiões especiais.

Depois da alegria de rever a família e entrar no fuso horário, deu-se conta de que, na Europa, idealizara sua cidade natal e fantasiara sobre sua volta: encontrou uma São Paulo suja e feia, pessoas mal-educadas e finalmente caiu-lhe a ficha de que, talvez, tivesse sido melhor continuar em Londres, como seu amigo Duda havia sugerido várias vezes. Mas o que havia de fazer então, senão continuar a vida? Prestou vestibular, reviu os amigos e continuou a escrever seu livro. Pensava em Anabelle, mas não achava justo procurá-la depois de tudo o que fizera. Foi quando soube que ela havia fechado a loja e a fábrica, mas não se sentiu culpado no início.

Passaram-se três meses assim, até que, na inauguração do bar de uns conhecidos, Augusto encontrou Anabelle. Como ela sempre soubera que iria acontecer, quando a viu, Augusto se emocionou e a abraçou, como se não houvesse acontecido nada de ruim naquele mais de um ano que estiveram separados. Os dois foram embora juntos para a casa da Rua dos Franceses e nunca mais se separaram de verdade até o dia em que ela morreu.

4

O reencontro do casal foi tocante e profundo, feliz e ao mesmo tempo melancólico. Para ela, foi a realização de algo com que sonhara por mais de um ano e que sempre soubera que aconteceria: que ele não resistiria ao vê-la e que ficariam juntos novamente. Para Augusto, foi a constatação de que não adiantava lutar contra o que sentia por Anabelle e, pior ainda, a descoberta de que tudo o que fizera para esquecê-la fora em vão, isso somado ao sentimento de culpa por tê-la feito sofrer e por ela ter desmanchado seus negócios.

Apesar desses sentimentos que jaziam lá no fundo, eles passaram uma noite feliz juntos e, no dia seguinte, ficaram o dia inteiro na cama. Quando caiu a noite, foram jantar numa cantina na Rua 13 de Maio, bem perto da casa da Rua dos Franceses, onde Augusto gastou, por mais uma ironia do destino, o último dinheiro que trouxera de Londres.

A alegria voltou para a vida de Anabelle, que, naquele momento, ainda estava vivendo da venda dos comprimidos de ecstasy que trouxera de Amsterdã. Ela tinha combinado com seu amigo Demétrio de fazer algumas festas *rave* em São Paulo e estava apenas esperando que este chegasse para tocar o projeto. Augusto, por seu lado, acabara de entrar na faculdade de Publicidade e estava escrevendo seu segundo romance. Os dois começaram a se encontrar novamente e ele voltou a ficar com ela na casa da Rua dos Franceses.

Como estava sem dinheiro, Augusto retomou uma prática que não fazia desde a época em que lançara seu livrinho de poesias: sair na noite vendendo livros. Agora vendia seu primeiro romance pelos bairros da Vila Madalena, Jardins, Bixiga e Rua Augusta. Ia de bar em bar, deixando o material sobre as mesas, tomava uma bebida e depois voltava recolhendo os exemplares e conversando com as pessoas. Vendia bem seus livros, que tinham ficado encalhados porque a distribuidora cometera um erro e não os repusera nas lojas.

Anabelle voltou a sorrir depois que reencontrou Augusto, estava aproveitando suas primeiras férias do trabalho em mais de seis anos. Numa conversa com Priscila, uma atriz amiga dos tempos *punks* do Madame Satã, ela lhe perguntou o que queria fazer da vida agora que tinha reencontrado seu amor, ao que Anabelle deu de ombros. Disse que iria dar um tempo e fazer umas *raves*, um comportamento bem condizente com sua maneira de viver apenas o momento. Augusto estava do lado dela durante essa conversa e, se Anabelle tivesse dito que queria remontar a fábrica, ele a teria ajudado.

5

Augusto começou a faculdade de Publicidade à noite, mas cursou apenas um semestre, pois não tinha dinheiro nem paciência para tocar uma vida de estudante. Nessa época, arrumou emprego como professor numa escola em Higienópolis, onde dava aulas quatro manhãs por semana, enquanto no resto do tempo escrevia e saía à noite com Anabelle. Ela produziu uma das primeiras *raves* em São Paulo juto com Demétrio num sítio, que foi um grande sucesso, e os dois decidiram continuar fazendo essas festas.

A partir de então, Anabelle e Augusto voltaram a levar uma vida parecida com a de antes: saindo à noite e frequentando, nos finais de semana, as novas *raves* — festas ao ar livre com música eletrônica que geralmente aconteciam em sítios no entorno da cidade. Esses eventos foram uma nova "primavera" para aquele pessoal que fora viciado em cocaína nos anos 1980, pois traziam uma mensagem de paz e harmonia com a natureza, turbinadas pelo ecstasy, a "droga do amor". As festas costumavam durar a noite inteira e, geralmente, o dia inteiro também; o ponto alto era quando amanhecia ou começava a chover (e eles dançavam na chuva), quando os *ravers* sentiam uma sensação de profunda comunhão com o universo e com as outras pessoas. Dessa forma, Anabelle e Augusto haviam trocado os clubes noturnos pelas festas no campo, a cocaína pelo ecstasy, numa vida análoga à que tinham tido antes, porém de um jeito mais leve e mais "saudável".

Nessa época Anabelle conheceu uns traficantes israelenses que vinham de Amsterdã e traziam MDMA em pó (princípio ativo do ecstasy). Ela conseguiu um esquema de trocar cocaína por essa substância, que, junto com Augusto, embalava em cápsulas de gelatina compradas na Botica Ao Veado d'Ouro, na Rua São Bento. Vendiam para o pessoal que curtia *raves* e a nova cena noturna de música *techno*, a última onda entre a modernidade.

A farra do ecstasy durou quase dois anos, durante os quais eles ganharam dinheiro e se divertiram muito. A vida voltara a sorrir para o casal.

6

Foi nessa época que Augusto descobriu que não sobreviveria à morte de Anabelle. O primeiro *insight* que teve foi em razão de uma viagem que a namorada fez junto com umas amigas a Belo Horizonte, onde ela iria vender ecstasy para uns conhecidos, por ocasião de uma das primeiras *raves* naquela cidade. Elas saíram numa sexta-feira à tarde e, na hora da despedida, na frente do casarão da Rua dos Franceses, Anabelle sorriu daquele seu jeito engraçado e deu um tchauzinho da janela do carro. Numa fração de segundo, um pensamento terrível passou pela cabeça de Augusto: "Se ela morrer, tudo se resolve", mas em seguida ele sentiu vergonha de semelhante ideia, pois não queria que nada de ruim acontecesse. Tinha sido apenas uma rápida manisfestação do lado nefasto que todos temos dentro de nós — que nas pessoas sãs fica sob controle — e rapidamente outro pensamento tomou o lugar do anterior: "Pode ser a última vez que vejo essa retardadinha", e sentiu um profundo e enorme carinho por ela.

Augusto aproveitou o final de semana para descansar e saiu com uma menina que conhecera no clube Massivo, alguns dias antes, mas com quem não tinha nada sério. Na segunda-feira pela manhã, viu que Anabelle não tinha voltado, o que começou a preocupá-lo. Foi trabalhar e, no intervalo entre cada aula, ligava para casa, mas ninguém atendia, e um princípio de pânico tomou conta dele. Como sempre fora fatalista, começou a imaginar o pior: o acidente naquela estrada horrível e Anabelle morta, cortada em pedaços entre as ferragens de um veículo acidentado. Ligou para o DNER, para tentar obter alguma informação, mas não sabia a placa do carro e nada pôde apurar. Terminadas as aulas da tarde, ele foi para a casa dela, que encontrou vazia. Naquela altura, ele não conseguia mais se acalmar e ficou no portão fumando um cigarro atrás do outro, esperando que o carro aparecesse na subida da rua. Foi quando descobriu uma caixa de cervejas que havia sobrado do aniversário de Jerônimo, e tentou acalmar o desespero com o álcool. Tomou várias garrafas em pouco mais de uma hora.

Anoiteceu. A angústia misturada à embriaguez tomou conta de Augusto. "Anabelle está morta", ele pensava, não havia mais nada a fazer. A solidão da casa, a grande cama em que dormiam, as roupas, os quadros, cada detalhe o lembrava da mulher que não estava mais viva. Ele chorou de dor, de arrependimento, de tristeza, de desespero. No banheiro, viu um bonequinho de plástico do personagem Gasparzinho, que ela deixara num nicho de azulejos, e se recordou dela como tantas vezes a vira, colocando seus cílios postiços e se maquiando com aquele jeito engraçado em frente do espelho, antes de saírem para a noite. E começou a chorar como uma criança. Então compreendeu que não conseguiria sobreviver sem Anabelle.

Ele terminou se embriagando completamente e caiu no sono. Acordou no meio da noite, no escuro, sozinho, e a angústia e o desespero novamente tomaram conta dele. Não havia outra coisa a fazer a não ser continuar bebendo. Tomou mais umas duas ou três garrafas de cerveja e capotou de novo.

Quando o dia estava amanhecendo, Augusto foi acordado por Anabelle, sentada ao seu lado na cama.

— Você tá viva! — ele disse, como se não acreditasse no que estava vendo.

— Lógico, bobinho. Por quê? Você achou que eu tinha morrido?

Ele a abraçou com força, a encheu de beijos e acabaram fazendo amor.

7

Logo depois desse episódio, Augusto assistiu junto com Anabelle ao filme *Carrington* (que mostra a tragédia da vida da pintora de mesmo nome, que se suicida após a morte do ser amado). Aquele *insight* que ele tivera na noite em que pensara que Anabelle estava morta se confirmou ao ver o filme: aquilo que sentia era o amor verdadeiro, e não sobreviveria a ele. Caso ela tivesse morrido mesmo naquela noite terrível em que imaginou a tragédia, Augusto teria continuado a beber até morrer. Antes de assistir ao filme, nunca lhe ocorrera seriamente a ideia do suicídio, mas, a partir daí, pareceu-lhe óbvio que acontecera com ele o mesmo que com Carrington, e que seus destinos seriam idênticos. Fora vítima de algo que nunca suspeitou que existisse: o amor verdadeiro, ao qual ninguém sobrevive.

8

De um modo diferente do que ocorrera com Augusto, que finalmente entendera o que era o amor e que nunca se livraria dele, seus pais não conseguiam compreender por que o filho não se afastava de Anabelle. Eles tinham visto sua tentativa inútil de esquecê-la viajando para a Europa, as inúmeras vezes que brigara com ela e voltara para casa — para depois sempre fazerem as pazes — e simplesmente não lhes era possível compreender o que seu filho via naquela mulher. No início, acharam curiosa a relação dele com uma pessoa mais velha, e imaginavam que o seu interesse seria efêmero, mas o tempo passava e os dois continuavam juntos.

A mãe de Augusto sentia muito ciúme. Ela, como toda mãe, achava que seu filho merecia coisa melhor, uma mulher mais jovem, com quem ele se casasse e lhe desse netos. Tinha ciúme da atenção dele com Anabelle, das poesias que escrevia para ela e de sua dedicação àquela "mulher louca". Ela também atribuía à nora o caminho errante do filho, que era um boêmio, não parava em nenhum emprego e sempre estava por aí na noite (o que era uma grande injustiça com Anabelle, pois Augusto sempre gostara de sair e de beber, mesmo antes de conhecer a argentina). Ela suspeitava que o filho usasse drogas e também culpava a namorada por isso.

Os pais de Augusto, apesar de separados, se davam bem e conversavam sobre o filho, tentando entender aquela situação que nunca tinham visto antes. Cogitaram que Anabelle soubesse de algum segredo sobre ele e o chantageava para que não fosse embora. Ou então, que ela o dominara com as drogas e outras teorias sem pé nem cabeça. O pai, num momento de desespero, cogitou até mandar matar a pobre argentina, como uma maneira de proteger o filho daquela influência maligna.

A mãe certa vez lhe contou essas preocupações do pai e que este imaginou até o assassinato como o último recurso para salvar o filho. Augusto ouviu aquela história com profunda tristeza e compreendeu que seu pai nunca amara sua mãe — e vice-versa —, pois este era um homem inteligente e reconheceria o amor verdadeiro de seu filho se soubesse o que era aquilo; mas ele não tinha como saber. Muito menos tinha ideia de que, se matasse Anabelle, ao mesmo tempo estaria matando o próprio filho.

9

A primeira vez que Augusto ouviu falar da técnica de suicídio com cianeto foi no livro *Amor nos Tempos do Cólera,* de Gabriel García Márquez. Na história, o fotógrafo Jeremiah de Saint-Amour prometera suicidar-se ao completar 60 anos, e o faz misturando cianeto de ouro a uma solução ácida, reação que gera o gás cianídrico, que é letal e mata instantaneamente. Dizem que é o melhor método para se cometer suicídio, pois a morte é rápida e indolor. O gás cianídrico era a substância contida nas famosas cápsulas de cianureto que os nazistas usavam para se suicidar: era uma pequena ampola de vidro contendo esse gás sob pressão, que bastava ser mordida para liberar o vapor da morte.

Augusto lera o citado livro ainda muito jovem e, quando o releu, muitos anos depois, a ideia do suicídio deixara de ser uma possibilidade longínqua para se tornar algo para o qual precisava estar preparado: Anabelle poderia morrer a qualquer instante. Mas o que mais lhe chamou a atenção nessa segunda leitura da obra foi o fato de que, no famoso romance, cujo tema central seria o amor, não há nenhum personagem que tenha amado de verdade. O mote da história é a espera de uma vida inteira de Florentino Ariza por seu grande amor, a bela Fermina Daza. Este se apaixona por ela ainda na adolescência, quando a vê de relance numa entrega que fora fazer na casa do pai da moça, e, a partir daí, os dois trocam olhares e cartas por mais de um ano, sem nunca se falarem. O pai descobre o "namoro" e manda a filha para o interior, para esquecer o pobre rapaz, o que de fato acontece. Quando ela volta, descobre que não gosta mais dele e acaba fazendo um casamento de conveniência com o rico médico Juvenal Urbino, que tinha se encantado por ela quando fizera uma consulta em domicílio, pois havia a suspeita de que a moça estivesse com cólera. O apaixonado Florentino fica arrasado ao saber da notícia, sofre como um cão sarnento, mas sobrevive, e promete esperar por Fermina o tempo que seja necessário, o que ele realmente faz, com inquebrantável tenacidade.

O resumo da longa história é que Florentino espera por 53 anos, até que o marido de Fermina Daza morre, e então tenta conquistá-la novamente, o que consegue depois de grande e persistente esforço, até que os dois voltam a namorar e finalmente fazem amor numa viagem de navio pelo rio Madalena. O mais fantástico da história é que Florentino, em mais de meio século de espera, teve 623 amantes secretas, sem que ninguém na pequena cidade de Cartagena sequer suspeitasse disso, a ponto de toda sociedade acreditar que ele seria um gay enrustido.

Pareceu óbvio a Augusto, nessa segunda leitura e depois das descobertas que fizera durante todos aqueles anos, que Florentino Ariza, apesar de sua persistente fixação por Fermina Daza, nunca sentira amor, mas sim uma paixão obsessiva. Ela, por seu lado, se casara por conveniência com o doutor Juvenal Urbinou e tivera uma vida confortável ao lado do marido, mas também nunca o amou, o que se confirmava pelo fato de ela haver superado o luto, depois de tantos anos de casamento (se ela o amasse, teria morrido de tristeza logo em seguida, isso era óbvio). E o médico, marido apaixonado, escolhera a esposa como alguém que escolhe um troféu e uma procriadora — o que não quer dizer que não tenha gostado dela, mas aquilo não era amor. Augusto concluiu que o famoso e premiado escritor colombiano, como seu próprio e falecido pai, nunca amara de verdade e não tinha como escrever sobre aquilo que não sabia existir.

10

A vida continuou daquela maneira despreocupada para Anabelle e Augusto, apesar do crescente e paranoico ciúme por parte dela. Após reencontrar o namorado, o sentimento de posse que tinha por ele aumentara de maneira assustadora, assim como a necessidade de controlá-lo. Certa vez, na famosa boate Hell's Club, ela chegou a dar uns socos numa menina com quem Augusto supostamente flertava, abrindo com um anel um buraco na bochecha da pobre moça.

Excetuando o ciúme paranoico de Anabelle, Augusto estava relativamente em paz nessa época e terminou de escrever seu segundo romance, que enviou para um monte de editoras, na esperança de que alguma delas se interessasse e o publicasse. A namorada continuou a fazer festas com seu amigo Demétrio e vender cápsulas de ecstasy, que comprava dos conhecidos que vinham de Amsterdã.

Na época, a casa da Rua dos Franceses virou ponto de hospedagem para vários DJs e traficantes internacionais. O lado bom é que não se consumia tanta cocaína como antes, já que o ecstasy estava ocupando o lugar da droga que se tomava para ir dançar nas *raves*, fossem elas urbanas ou rurais. O casarão virou ponto de encontro após as festas — os famosos *chill-outs* — quando o pessoal se reunia na casa de alguém para desacelerar e relaxar após uma noite inteira dançando. Houve vezes em que o grande quarto do casal ficou cheio de gente deitada no chão, no sofá e na cama, fumando maconha e ouvindo música eletrônica.

Porém, essa fase logo chegou ao fim, porque eles foram obrigados a devolver o casarão. Anabelle ficou sem ter onde morar, e foi quando Augusto a convidou a ficar na casa de sua mãe — mais especificamente em seu quarto de solteiro — até que ela encontrasse outro lugar. A abnegada mãe do pretenso escritor acolheu a indesejada nora em sua casa e fez o que pôde para segurar a barra. O problema foi que levaram até o cachorrinho Nick para o apartamento, e continuaram com o mesmo tipo de vida de sempre, saindo na noite, voltando bêbados e todo o resto. Nesse meio tempo, Anabelle alugara uma casinha na praia de Boiçucanga, e o casal ia aos finais de semana para o litoral. Isso durou uns dois meses, até que, mais uma vez, eles brigaram pra valer, e ela, no meio da confusão, começou a quebrar as coisas no apartamento da mãe de Augusto; logo foi convidada pela sogra a se retirar. Mudou-se então para a praia, levando junto o cachorrinho.

11

Na praia, Anabelle acabou conhecendo um pessoal — um fotógrafo argentino, sua namorada e um amigo do casal, conhecido por Neto, que tinha um pequeno barco. Como ela estava sozinha, eles começaram a frequentar a casa, fazendo festinhas e churrascos, até que Anabelle se entendeu com o tal Neto e os dois ficaram juntos.

Na cidade, Augusto saiu um pouco na noite, tomou umas e outras e logo começou a procurar um lugar para abrir uma casa noturna, seu antigo sonho de ter um clube que marcasse época, como o lendário Madame Satã. Ele perambulava pelos bairros da Luz, Bom Retiro e Barra Funda, procurando antigas fábricas ou galpões. Adorava conhecer partes decadentes da cidade e tinha especial atração por locais abandonados, como as antigas ruínas do Moinho Central.

Foi quando Anabelle ligou para ele e o convidou a ir para a praia, pois, segundo ela, já tinha esfriado a cabeça. Augusto pegou um ônibus e se mandou para Boiçucanga. Lá, ele conheceu a nova turma de amigos da mulher e entrou na bagunça de festinhas que rolavam o dia inteiro e a noite também. Depois de três dias, ele começou a reparar que Anabelle sumia de vez em quando: foi aí que lhe caiu a ficha de que alguma coisa estava acontecendo entre ela e o tal Neto. Certa noite em que Augusto ficara dormindo por estar cansado após surfar o dia inteiro, Anabelle só voltou para casa de manhã cedo com os amigos festeiros, depois de uma noitada de farra. Ele acordou, a encarou e perguntou:

— Você tá ficando com esse cara?

— É, aconteceu... — ela respondeu, dando de ombros junto com um sorriso amarelo.

Quando ouviu isso, Augusto ficou transtornado e foi para a praia, para pensar. Não sabia o que fazer e tudo aquilo lhe parecia sem sentido. "Se ela estava com o cara, por que me convidou a vir pra cá?", pensava, e foi quando decidiu dar um ultimato a Anabelle. Voltou para a casa e disse:

— Vamos embora agora para São Paulo. Ou você fica com ele ou comigo!

A essa altura, todos aqueles amigos de Anabelle estavam vendo e ouvindo a cena, porque Augusto gritava as coisas que dizia. No final das contas, ela decidiu ficar na praia e ele, com o rabo entre as pernas e muito transtornado, pegou o ônibus e voltou para a cidade.

12

Em São Paulo, Augusto entrou em depressão pós-chifre. Ele se sentia um lixo, um nada, principalmente por ter sido trocado por outro cara. Para um homem, não existe sentimento pior do que esse. Ser abandonado pela mulher é uma coisa, ser trocado por outro homem é mil vezes pior, a ponto de que muitos homens com pouco autocontrole matam a ex-mulher (e às vezes o novo namorado dela também).

A depressão pegou Augusto de jeito e ele teve que pedir ajuda. Foi a um psiquiatra, que lhe recomendou medicação e terapia. Nas semanas seguintes ficou prostrado, fumando sem parar, sob efeito dos remédios pesados. Foi quando começou a frequentar um grupo de autoajuda conhecido como Neuróticos Anônimos, que o ajudou, aos poucos, a sair do buraco. Para melhorar sua autoestima, descoloriu os cabelos e voltou a vender seus livros na noite. Ia a todos os eventos que aconteciam, conheceu algumas garotas e, aos poucos, foi superando a crise e reconstruindo seu amor próprio. Mas o que realmente o ajudou na recuperação foi compreender que, apesar de não estar mais com Anabelle, o que importava é que ela estivesse viva e bem, mesmo que com outra pessoa.

13

Certa vez, conversando com Jerônimo, Augusto confessou que a mãe dele era a pessoa mais bonita que conhecera na vida, comentário este que o outro obviamente não entendeu, pois não dava valor à mãe nem tinha verdadeiro amor por ela.

Refletindo depois sobre essa conversa, Augusto se perguntou se amava Anabelle por achá-la a pessoa mais bela que conhecera ou, ao contrário, se a considerava a mais bela por amá-la. Uma pergunta para a qual ele nunca encontrou resposta e, por brincadeira, se referia a ela como o Paradoxo Tostines ("vende mais por ser mais fresquinho ou é mais fresquinho porque vende mais?").

Apesar de nunca encontrar uma resposta para esta questão, ele tinha uma certeza: quanto mais conhecia Anabelle, mais admirava a beleza de sua alma, e cada vez mais se dava conta de que ela era uma pessoa especial e diferente de todas as outras que conhecera na vida. Como exemplo da unicidade e beleza da mulher que amava, ele sempre se lembrava de um presente que recebera dela num certo Natal: no embrulho, ela escrevera uma breve mensagem que era assinada por "Sua Papai Noela Bella". Todas as outras mulheres do mundo teriam escrito "Mamãe Noel".

14

Quando Anabelle percebeu que Augusto estava superando a separação e se afastando dela, tomou a decisão de terminar com o tal Neto e tentar fazer as pazes com marido. Afinal, como se diz em São Paulo, "amor de verão não sobe a serra." Por ironia, o que provocou o fim da relação dela com Neto foi o fato de este ter chutado o cachorrinho Nick durante uma briga. Aquilo ela não admitiu e mandou-o passear.

Enquanto isso, em São Paulo, Augusto tentava levar sua vida da melhor maneira possível, até que Anabelle o procurou. Como desta vez ele não quis saber de ir para Boiçucanga, vacinado que estava contra aquele joguinho, ela voltou para a cidade atrás dele. Jurou que nunca mais iria ver o tal Neto, e então Augusto a aceitou de volta, porque realmente queria ficar perto dela.

Nesse meio tempo, Augusto fez uma entrevista de emprego para o cargo de engenheiro num estaleiro do Guarujá e, por incrível que pareça, foi aprovado. Ele se mudou para um pequeno apartamento na zona portuária da região, levando Anabelle junto, e começou a trabalhar. Os dois se uniram mais uma vez numa nova lua de mel, dessa vez num lugar calmo e perto do mar. Nos finais de tarde, eles iam à praia, Augusto surfava e passaram desse modo alguns meses numa vida feliz de casados. O apartamento ficava ao lado do estaleiro e ele sempre ia almoçar em casa. Ela o recebia com a comida pronta e brincava, pedindo "o pinto do meio-dia", e então eles transavam, ou, como se diz, davam uma "rapidinha".

Apesar da felicidade, não havia nada para Anabelle fazer no Guarujá e ela acabou ficando entediada. Foi quando arrumou um apartamento emprestado no Centro de São Paulo e se mandou para lá, com a ideia de arrumar trabalho. Nos finais de semana, ou ela descia para a praia ou Augusto subia, para vê-la e também sua família.

Nessa época teve início o que seria a grande transformação na vida de Anabelle: ela começou a se espiritualizar. Por influência de sua amiga Priscila, que era espírita e também budista, ela teve contato com a prática do Sutra de Lótus, que se faz por meio do *daimoku*: o famoso *Nam-myoho-renge-kyo*. Esse mantra, dizem os adeptos, permite que a pessoa entre em contato com a energia vital e alcance a graça nesta vida. A descoberta de seu lado espiritual afastaria Anabelle das drogas e do álcool, o que, na prática, acabou prolongando sua vida por várias décadas.

Enquanto isso, no Guarujá, após nove meses de trabalho, Augusto recebeu um aviso prévio por conta de um erro que cometera e começou a se preparar para voltar a São Paulo. O tempo passado no estaleiro serviu para provar o que ele já sabia havia mais de dez anos: que não tinha nenhuma vocação para engenharia naval e que aquela faculdade fora o maior erro de sua vida.

Depois de um mês, no último final de semana antes de devolver o apartamento do Guarujá, Anabelle e Augusto brigaram pra valer por mais uma discordância de dinheiro. Quando brigavam, ela sempre o acusava de ter destruído sua vida e que perdera tudo por causa dele. Uma acusação injusta, mas que pesava profundamente em Augusto, que começava a se sentir realmente culpado por tudo o que acontecera com ela depois que fugiu para a Europa.

Então, nessa briga, ela ficou histérica, como sempre quando discutia, e ele, para evitar maiores danos ao local, foi embora para São Paulo, deixando-a sozinha no apartamento. Quando voltou, na segunda-feira, Augusto descobriu que Anabelle tinha levado todas suas coisas: o computador (onde estava gravado seu segundo romance), a bicicleta e sua prancha de surf. Mais uma vez, Augusto se revoltou contra seu destino e se perguntou por que diabos tinha que amar uma pessoa maluca como aquela.

QUARTA PARTE

1

Se fosse necessário descrever uma pessoa com três palavras, Laura seria linda, talentosa e frustrada. Que ela era absolutamente bela era impossível negar. Desde pequena fora uma "pintura", um "colírio para olhos", e, na adolescência, seu corpo se transformou no de uma *pin-up*: alta e elegante, quando vestida, e absolutamente perfeita dos pés à cabeça ao usar um biquíni.

Cresceu no bairro da Urca, no saudoso Rio de Janeiro dos anos 1960, e tinha um talento inato para imitar as pessoas, para atuar, cantar e desenhar, mas seus pais nunca a deixaram aproveitá-los numa carreira artística, de onde veio uma de suas grandes frustrações. Outra delas, talvez a mais grave, começou muito antes, na verdade praticamente ao nascer. Segunda filha de uma família de classe média alta, durante sua gestação, os pais tinham esperado ardentemente que ela fosse um menino, pois já tinham uma garotinha, e não conseguiram esconder a decepção quando nasceu outra filha. Esse sentimento foi transferido automaticamente para a pequena Laura, que foi criada sem a devida atenção e amor que merecia. A situação piorou ainda mais quando, pouco mais de um ano depois, nasceu o terceiro filho do casal, dessa vez o tão esperado menino, que acabou centralizando todo o zelo e interesse dos pais. Laura passou os primeiros anos de sua vida sem receber quase nenhum amor.

No meio de sua infância, a pouca atenção que Laura recebia diminuiu ainda mais quando seus pais descobriram que o amado filho homem tinha um atraso mental e requeria cuidados especiais. A pobre filha do meio, apesar de sua imensa beleza, praticamente ficou sozinha para fazer o que bem entendesse, e alguns anos depois começou a frequentar o Parque Laje e a andar com más companhias. Ela tinha uns amigos da classe alta carioca com quem começou a fumar maconha e despirocar mesmo, até que sofreu o maldito acidente. Num final de tarde, depois de uns baseados, o carro em que ela estava bateu de frente com uma Kombi e, apesar de não estar em alta velocidade, ela foi projetada contra o para-brisa, sofrendo cortes profundos na bochecha, nariz e pescoço, por pouco não tendo sua carótida seccionada, o que a teria matado ali mesmo. Só nesse momento seus pais se lembraram de que tinham uma filha adolescente.

Após os primeiros socorros e o grande susto, a jovem foi levada ao famoso cirurgião plástico Ivo Pitanguy, que conseguiu reconstituir o rosto de Laura sem comprometer sua beleza. A partir de então, seus pais começaram a tomar conta da moça e a proibiram de frequentar o Parque Laje, de sair com aqueles playboys filhos da alta burguesia e enterraram definitivamente seu sonho de ser artista. Assim que terminou o colegial, mandaram-na estudar na França, para que ela se afastasse dos perigos do Rio de Janeiro no início dos anos 1970.

Depois do acidente, pela primeira vez Laura recebeu amor dos pais e aceitou de bom grado tudo o que eles queriam que ela fizesse. O que foi um grande desperdício de talento, porque, com toda sua beleza e aquele jeito para imitar e cantar, ela teria sido muito famosa. Mas a vida seguiu, Laura voltou da Europa e começou a namorar um artista plástico que tinha um veleiro em Angra, com quem foi muito feliz até completar 29 anos. Nessa época, ela deu um ultimato ao rapaz: ou casava ou ela se mandava. O cara era mais velho, tinha sempre levado uma vida livre e não queria se comprometer; cometeu um erro do qual nunca se perdoaria, pois a perdeu para sempre. Laura foi embora e se casou com o primeiro cara apresentável que conheceu (no fundo, querendo fazer ciúme ao artista).

O cara apresentável era brasileiro mas crescera na França, trazia um certo charme do velho continente misturado com sua ascendência tupiniquim, e Laura não tinha mais tempo a perder. O único problema era que o galã franco-brasileiro era casado e tinha dois filhos. Mas este não pensou duas vezes em deixar mulher e crianças para trás e se casar com aquele monumento de beleza que não podia deixar escapar.

Pouco tempo após o casamento, o marido arrumou trabalho em São Paulo e o casal se mudou para a triste

Terra da Garoa. Tiveram dois filhos, menino e menina, e ele logo começou a trair Laura, como fizera com sua primeira esposa. Ele era bom na técnica de enganar a mulher, por isso Laura só veio a descobrir que o marido tinha um caso com sua secretária quando escutou, num daqueles ditafones que ele usava para trabalhar, uma conversa em que a assistente perguntava ao seu chefe se sua esposa não desconfiava do caso entre eles, pergunta a qual o marido respondeu que não. Obviamente, a eficiente secretária gravara aquela conversa sem que seu patrão percebesse, com o objetivo de que sua esposa a ouvisse, ao bisbilhotar as coisas do marido. Dito e feito, isso aconteceu.

A partir dali, o casal nunca mais se entendeu, as brigas só aumentavam de intensidade, até que o galã teve um infarto fulminante num sábado pela manhã durante uma partida de tênis, após uma grande discussão com Laura durante o café da manhã. Depois dos funerais, a viúva entrou em profunda depressão, pois não sabia o que fazer da vida com duas crianças pequenas para criar. Foi quando um amigo a convidou a ir morar nos Estados Unidos, para ajudá-la a se se recuperar. Ela passou lá três anos, até que se decidiu a voltar ao Brasil.

A depressão ficara para trás e Laura retomou com coragem sua vida do ponto onde a havia deixado. Voltou ao seu trabalho de relações públicas, refez amizades, recomeçou com a ginástica, enfim, conseguiu reencontrar a alegria de viver. Tinha deixado a tristeza e as frustrações de lado, menos aquela de nunca ter sido amada de verdade, nem por seus pais, nem pelos homens, que, para ela, queriam apenas sua beleza e seu corpo. Foi nessa época, quando seus filhos entravam na adolescência, que conheceu Augusto. Tinha 43 anos recém-completados e, por coincidência, nascera no mesmo ano que Anabelle.

2

Augusto conheceu Laura quando estava brigado com Anabelle. A raiva que sentira ao descobrir que ela tinha roubado suas poucas coisas foi tão grande, que não queria saber mais da "louca". Ele havia voltado definitivamente para São Paulo e se decidira a fazer duas coisas: publicar seu segundo romance e abrir uma casa noturna alternativa.

Numa certa noite de sábado, Augusto foi tomar uns chopes com seu amigo Fausto num bar em Moema e ficaram encostados no balcão, ao lado de duas moças muito bonitas, uma bem loira e outra menos loira. A conversa dos amigos obviamente girava em torno de mulheres, Augusto comentando seus rolos com Anabelle e Fausto explicando os seus com sua namorada, até que uma das duas moças, Laura, os interrompeu, fazendo um gracejo sobre o fato de os homens só conversarem sobre mulheres. Os quatro se apresentaram e Fausto, por um grande acaso, tinha amigos em comum com a mais loira, Karen, que era da pequena comunidade dinamarquesa em São Paulo.

Por causa desse detalhe, Fausto ficou conversando com Karen, e Augusto, com Laura. Conversa vai, conversa vem, Augusto contou que era escritor e que iria publicar um novo livro em breve; Laura comentou um pouco de sua vida, que adorava fazer ginástica, que trabalhava com relações públicas, e certa química rolou entre os dois. Na hora em que elas estavam indo embora, Augusto ficou com um cartão de Laura e prometeu ligar em breve.

E de fato ele ligou duas vezes, mas, como as ligações caíram na caixa postal, deixou uma mensagem, na qual pedia para ela retornar para seu número, o qual deixou gravado. Depois disso, picotou o cartão de visitas onde estava o número dela e pensou: "se quiser, ela que me procure." E deu o caso por encerrado. Mas, para sua sorte (ou seria azar?), quando nem se lembrava mais da tal Laura, num sábado à tarde ele recebe uma ligação dela. Muito fina ao telefone, ela disse que tinha apagado sem querer a mensagem que ele deixara em sua secretária eletrônica, e que teve que pedir à sua amiga Karen que ligasse para aquele amigo que tinha em comum com o amigo de Augusto, Fausto, para pedir o telefone deste, com quem, finalmente conseguira o seu telefone. Ela o convidou para um café na livraria FNAC de Pinheiros, onde estava com uma amiga. Augusto achou aquela história dos telefones muito estranha, mas, ainda assim, se arrumou e foi ao encontro.

Augusto chegou de táxi e viu Laura e uma outra moça na varanda da livraria. Ele estava todo de preto, vestindo calça de couro e coturno, com o cabelo curto e descolorido, e inegavelmente chamava a atenção. Laura o recebeu com alegria e um lindo sorriso, pois tinha uma simpatia bem treinada, e Augusto a presenteou com um exemplar de seu primeiro romance, no qual fez uma dedicatória à "Bela Laura".

Por seu lado, ela confirmou o que tinha notado na primeira vez que o vira: era um belo homem, culto e com aquele quê de anjo-caído que lhe sentava tão bem, e não teve como evitar a vontade de conhecer melhor o inusitado escritor. Como cantava Lou Reed, "*hey, babe, take a walk on the wild side...*"

Depois de beber uma ou duas cervejas, foram a um restaurante que Augusto conhecia lá perto, onde continuaram a conversa a três. Beberam vinho, jantaram e Marcinha, a amiga de Laura, notou que Augusto nunca ficava com o copo vazio, um óbvio sinal de quem tem problemas com álcool. Terminado o jantar, Laura e Augusto levaram Marcinha até a casa dela e, na garagem do prédio, se beijaram pela primeira vez.

3

Apesar da raiva que ainda sentia por Anabelle, Augusto teve de procurá-la porque o manuscrito de seu romance estava no computador que ela levara do apartamento do Guarujá, junto com suas outras coisas. Ela não concordou em devolver o aparelho, aceitou apenas gravar um disquete com os arquivos referentes ao livro, que deixou na portaria do prédio onde estava vivendo.

Não houve argumentos que dissuadissem Anabelle a devolver o computador, e Augusto teve que comprar uma máquina velha para conseguir trabalhar no livro. Como não tinha dinheiro para uma publicação com seu antigo editor, ele decidiu que iria fazer o trabalho de editoração por conta própria, pois tinha visto todo o processo quando acompanhou a produção do seu primeiro livro. Ele estava no meio desse trabalho quando conheceu Laura.

Após aquele sábado em que saíra com a bela pela primeira vez, na semana seguinte ela o convidou para um evento. Os dois beberam e conversaram bastante e Augusto ficou impressionado com a beleza de Laura, que estava radiante naquele dia. Aos 43 anos, por mais incrível que pudesse parecer, Laura estava no auge da beleza. Como ela mesma dizia, quando jovem tivera um rosto perfeito demais, que lembrava uma bonequinha de porcelana, e na maturidade seus traços ficaram mais fortes e definidos; quanto ao corpo de *pin-up,* pouco tinha mudado, graças a muita ginástica, que ela adorava fazer. Augusto brincou dizendo que ela se parecia muito com a mulher do Elvis Presley, Priscila, quando esta era jovem, apesar de ser mais alta do que a americana, comentário do qual ela riu, pois sabia ser verdade.

Depois do evento, foram tomar uma saideira no Ritz, onde se beijaram diversas vezes. Augusto aproveitou a deixa e a convidou para ir a um motel, o que ela recusou, dizendo que tinha que voltar para casa, pois não podia deixar seus filhos sozinhos. Laura o levou até a porta do prédio dele e se despediram com mais beijos. Augusto esqueceu seu paletó *vintage* no carro dela, que o descobriu no banco de trás, quando chegou em casa. Como toda mulher curiosa faria, ela examinou o terno, checou a etiqueta e mexeu nos bolsos, onde encontrou várias camisinhas.

4

Naquele mês de dezembro, Laura e Augusto saíram muitas vezes, foram juntos a um monte de festas e eventos, num namoro leve e sem pretensões por parte de ambos. Ela gostava de ser vista com um homem tão diferente e bonito e de apresentá-lo às amigas; também o levou para conhecer seus filhos; estava gostando cada vez mais de estar perto dele, que a fazia rir com suas tiradas sarcásticas e sua ironia. Augusto, por seu lado, adorava ter uma mulher tão bonita pendurada no seu braço. O mais curioso é que, um tempo antes de conhecer Laura, ele tinha pensado que nunca mais se apaixonaria àquela altura da vida. Ter uma mulher tão atraente como aquela não estava em seus planos e, lógico, ele ficou encantado. Sentia-se surpreso por ver que uma mulher como Laura se interessava por um pobretão como ele, apesar daquele seu teatrinho de ser escritor e todo o resto.

O casal só foi transar algumas semanas depois de se conhecer, já que Augusto não insistiu mais após a primeira tentativa frustrada; foi Laura que, no final, resolveu tomar a iniciativa. Foram a um motel na Marginal Pinheiros e, numa banheira de hidromassagem, Augusto a penetrou pela primeira vez. Ele estava sem camisinha e se controlou para não gozar em Laura, que, por seu lado, depois se arrependeu profundamente de ter transado sem que seu companheiro estivesse usando um preservativo. Mas ele a tranquilizou, dizendo que não tinha gozado e que não havia problema algum. Augusto queria passar a noite no motel, mas Laura disse que não podia, pois não tinha ninguém em casa para cuidar de seus filhos.

Uma semana depois, quando foram pela segunda vez a um motel, Augusto, após as preliminares, broxou completamente. Em vez de ser compreensiva, Laura disse:

— Será que você gosta mesmo de mulher? — O que só complicou as coisas.

Augusto não engoliu bem o comentário e os dois brigaram pela primeira vez. Ele foi tomar um banho de banheira para se acalmar, mas Laura tinha estragado a noite. No fundo, ele nunca a perdoaria totalmente por causa daquilo, e aquele era um de seus piores defeitos: a dificuldade de perdoar. Pelo lado dela, o comentário refletia uma frustração que tivera com o amigo com quem vivera nos Estados Unidos, que era gay e por isso nunca tinham conseguido transar direito.

Nos dias que se seguiram, fizeram as pazes e tudo voltou ao normal. Naquela mesma semana, Laura e os filhos embarcaram para a Suíça, onde ficariam quinze dias com a avó (minha *belle-mère* — sogra em francês — como Laura gostava de dizer na sua bela pronúncia do idioma).

5

Nesse meio tempo, Anabelle ficou sabendo, por uma amiga que vira Augusto e Laura num bar, que seu ex-marido estava saindo com outra mulher. Ela pirou quando soube disso, foi a uma festa e encheu a cara, onde, muito louca, acabou caindo de uma escada e quebrando o braço, um pouco acima do punho. Estando com o membro engessado e praticamente sem dinheiro, ela ligou para Augusto, pedindo ajuda.

Como sempre acontecia, a raiva que Augusto sentira por Anabelle havia passado e, quando a viu, ele sentiu aquele mesmo aperto no coração, apesar de estar apaixonado de verdade por Laura. Ajudou-a como pode, foi ao supermercado e, como a namorada estava na Europa, fez companhia e cuidou da ex-mulher enquanto adiantava os trabalhos para a impressão de seu segundo romance.

Então veio o Natal, que Augusto passou com a família na casa de um tio, onde tirou a última foto com seu pai, que morreria duas semanas depois. O ano-novo, ele passou com Anabelle, o filho dela e a namorada deste, no apartamento da Rua Augusta. Na ocasião, não bebeu, pois alguns dias antes prometera se afastar da bebida, já que, sob efeito do álcool, tinha uma tendência a recair na maldita cocaína. Apesar de estar com a ex-mulher, não sentia que estivesse traindo a namorada, mesmo depois de ter transado com Anabelle, num pequeno deslize que achava sem importância.

Logo após as festas, Laura voltou de férias e o casal se reencontrou. Ela ficou feliz em revê-lo, estava com saudade do namorado e queria ficar perto dele, para descontar o tempo perdido. Porém, durante o primeiro final de semana que passaram juntos, veio a notícia da morte do pai de Augusto. No domingo, quando o casal estava na piscina do prédio de Marcinha, Laura recebeu uma ligação em seu telefone celular: era a mãe dele, dizendo que o pai não aparecera para o almoço, como sempre fazia aos domingos. Ela estava realmente muito preocupada, pois o ex-marido nunca deixava de avisar quando tinha outros compromissos.

Augusto também ficou preocupado e resolveu procurar o pai na casa dele no bairro da Mooca. Chegou angustiado ao local onde passara a infância, esperando o pior, ou seja, o pai caído no chão, morto de um derrame ou ataque cardíaco. Mas não havia nada lá, seu pai não estava. Foi então a um clube da prefeitura perto da casa, onde o pai costumava ir jogar cartas, mas lá ele também não estava. No fundo, Augusto sabia que aquilo não ia acabar bem, mas procurou espantar a preocupação, tentando se convencer de que o pai talvez tivesse ido viajar ou, quem sabe, arrumado uma namorada. Voltou para a casa de Laura, onde passou uma noite inquieta, preocupado com o desaparecimento.

Na manhã seguinte, veio a notícia que ninguém quer receber: seu pai estava no necrotério do Hospital das Clínicas. Tinha sido atropelado no domingo de manhã, quando fora comprar pão e jornal numa padaria perto de sua casa. Transtornado, Augusto se dirigiu ao necrotério, onde sua mãe e uma amiga dela o esperavam. Laura não quis acompanhá-lo, alegando que "não tinha lastro" para aquele momento difícil da vida do namorado. No funeral, foi Anabelle quem ficou o tempo todo ao lado dele.

6

Como acontece com muitas pessoas, a reação de Augusto à dor da morte do pai foi se ocupar o máximo possível. Assim que voltou do enterro, apesar da tristeza e cansaço, passou a tarde inteira arrumando sua biblioteca em uma nova estante que ele mesmo tinha projetado e instalado. Quando anoiteceu, tomou um relaxante muscular e apagou. Passou os dias seguintes correndo atrás de gráficas, fotolito e acertando todos os detalhes para a impressão e montagem de seu livro. De notável nesses dias foi apenas a insistência de Anabelle para que ele fizesse uma escolha entre Laura e ela, ao que Augusto respondeu que havia acabado de enterrar seu pai e não tinha cabeça para pensar naquilo. Por seu lado, a atual namorada o apoiou muito durante aquele período após o enterro, e o fato de estar apaixonado o ajudou muito a superar aquele período tão difícil. A paixão funcionava como uma forte droga antidepressiva.

Outro problema que manteve Augusto ocupado foi o cachorro de seu pai, que ficou sozinho após a tragédia. Ele ia todos os dias cuidar do bichinho — que tinha entrado em depressão depois que seu dono nunca mais apareceu —, levá-lo para passear, até que, depois de um mês, conseguiu uma família que o adotasse. Num sábado, levou Laura para conhecer o cão e a casa onde passara a infância e, alguns dias depois, foi com Anabelle ver o cachorrinho, começando um revezamento de mulheres que duraria quase dois anos.

7

Enquanto fazia os preparativos para o lançamento de seu segundo romance, Augusto passou a ver Laura e Anabelle ao mesmo tempo, apesar de dar prioridade à nova namorada. A ex-mulher sabia da existência da outra, mas tinha desistido da ideia de que Augusto tinha de escolher uma: sabia que ele estava fazendo joguinho duplo, mas tolerava o negócio, talvez porque Augusto a estivesse ajudando financeiramente.

Por causa do falecimento do pai e da tristeza do período que se seguiu, Laura e Augusto demoraram muito tempo para transar novamente. Certa noite, eles estavam no apartamento dela, as crianças viajando, ainda de férias, e, por mais uma daquelas extravagâncias do destino, eles acabaram transando no quarto do filho dela, mais especificamente na cama dele. Desde aquele dia da broxada e do comentário indelicado por parte dela, eles não tinham tentado transar novamente, e ali, naquele quarto, quando estavam conversando sem terem obrigação de fazer qualquer coisa, tudo aconteceu de forma natural.

A partir daquela noite, a relação física entre os dois iria ficar cada vez mais forte, numa paixão madura e plena por parte de ambos. Eles tinham um enorme tesão um pelo outro, cada um gostava do cheiro do companheiro, da sua pele, do seu corpo. Laura sentia que nunca tivera um sexo tão bom em sua vida e se perguntava por que demorara tanto tempo para encontrá-lo. Quanto a Augusto, cada vez mais ele se convencia que não existia sobre a face da terra uma mulher mais bela e perfeita do que a namorada. Essa enorme liberação de energia sexual iria deixar marcas profundas nos dois.

8

Finalmente chegou a noite de autógrafos do segundo romance de Augusto. Na semana anterior, Laura o ajudara na divulgação da festa, enviando *releases* para todos os jornais e revistas da cidade, e o casal chegou a ir à redação da Folha de S.Paulo, para entregar pessoalmente convites e exemplares do livro aos jornalistas da área de cultura. Por seu lado, Augusto passou duas semanas chamando todo mundo que conhecia e enviando convites para gente que não via há muito tempo, como seus ex-alunos e amigos do colegial. O evento seria na B.A.S.E., a casa noturna do momento, que ficava na antiga sauna do Hotel Danúbio.

Depois de tantos preparativos, a festa foi um grande sucesso. Por causa da morte recente do pai, muitos antigos amigos deste compareceram, e os filhos deles, que eram amigos de infância de Augusto. Anabelle também apareceu junto com uma amiga que, por sorte, a levou embora quando viu que ela poderia arrumar encrenca, já que o ex-marido estava com Laura. Foi a única vez que as duas se viram pessoalmente, e ficaram de longe, se medindo. Ele, por seu lado, naquela noite voltou a beber e, já mais para o final da festa, estava bastante embriagado. Nessa hora, Laura o levou embora.

No carro, a caminho da casa de Laura, finalmente a "represa" que Augusto construíra em torno da dor da morte do pai se rompeu, e ele chorou como uma criança. Em meio ao pranto, ele falava com o pai, pedia desculpas a ele pelos erros que cometera e agradecia por todo amor e apoio que recebera, numa cena triste e ao mesmo tempo bela, que tocou profundamente Laura. Naquele momento, ela o enxergou para além de seu rosto bonito e de sua aparência exótica: vislumbrou a beleza da alma do namorado, que se desnudava sem nenhum pudor na frente dela.

Depois do alívio do choro, Augusto queria beber mais, e eles pararam numa loja de conveniência para comprar cervejas. No estacionamento, beberam, ele fumou dois cigarros e foram embora para o apartamento dela. Lá, ficaram conversando no quarto, até que Augusto teve a segunda crise de choro. Laura o abraçou e ele ficou chorando de encontro ao peito dela, que lhe acariciava a nuca, com ternura, até que ele adormeceu.

9

Após a ressaca da festa do lançamento de seu livro, Augusto ficou prostrado. Finalmente caíra-lhe a ficha da morte do pai e do impasse a que chegara sua própria vida. Estava sem trabalho, sem dinheiro e sem vontade de continuar a viver. Aproveitou que seu amigo Pará, que tinha voltado ao Brasil, lhe oferecera emprestado seu apartamento em São Sebastião e foi passar uns dias na praia, para tentar colocar a cabeça em ordem. Lá, sozinho, lia, andava de bicicleta, caminhava e aproveitou para deixar de fumar mais uma vez. A solidão lhe fez bem e ele só antecipou sua volta porque Laura lhe ligara, dizendo que estava com saudade e que a vida era muito curta para os dois ficarem separados. Ouvir aquilo fez bem a Augusto, que arrumou sua mochila e pegou o ônibus de volta para São Paulo.

Na cidade, ela o recebeu com enorme carinho e lhe entregou uma carta, na qual colocava todos os fatos relacionados aos dois desde que haviam se conhecido, numa declaração tocante de tudo o que os unia. Terminava a missiva assinando: "De sua namorada chiclete, que adora ficar perto de você". E de fato os dois ficaram muito próximos quando ele voltou da praia, Augusto sendo acolhido definitivamente na vida dela. Ele passava muito tempo na casa da namorada, dormia lá, convivia com os meninos, a quem dava aulas de reforço escolar, levava ao futebol, ao shopping — enfim, se comportava como um verdadeiro pai. Nos finais de semana, Augusto dava uma de *sushiman* e fazia jantares de comida japonesa para a família e os amigos mais íntimos da namorada; ou então Laura preparava um grande *yakisoba*, uma de suas especialidades, tudo isso sempre acompanhado por sorvetes Häagen-Dazs de sobremesa.

Nesse período, ela viveu um dos momentos mais felizes de sua existência. Tratava Augusto como "o grande amor de minha vida" — como escreveu em uma dedicatória em um livro que lhe deu de presente em seu aniversário — e foi quando começou a chamá-lo carinhosamente de Piu-Piu, numa referência àquele passarinho do desenho animado, o Tweety. E realmente Augusto se parecia com o personagem, principalmente quando usava o cabelo bem curto e descolorido: a cabeça redonda e amarela, os grandes olhos azuis, a boca pequena e o osso do maxilar marcado. Mas isso era aparente apenas aos olhos amorosos de Laura, já que ninguém mais o achava parecido com o Piu-Piu. Ela também gostava de dizer que ele lembrava muito o ator inglês Terence Stamp (que na época Augusto não sabia quem era) e chegou a alugar o filme *Teorema*, de Pasolini, no qual o ator faz um dos papéis principais, para que Augusto visse a semelhança. Por seu lado, ele a chamava quase sempre de Bela ou de Bela Maria (porque o nome composto dela era Laura Maria), o que, apesar de soar ridículo, não desagradava em nada à namorada.

Além da vida em família, os dois também saíam muito à noite: iam a bares da moda, a eventos que Laura tinha que prestigiar por obrigação de trabalho, ou jantavam naquele restaurante japonês de uma amiga de Augusto, no bairro da Liberdade. Batiam ponto também num motel da Marquês de São Vicente, o mesmo onde, anos antes, Anabelle e Augusto haviam ficado uma noite e um dia inteiro transando. Mas, com Laura, geralmente iam apenas no sábado ou domingo à tarde, e nunca passavam a noite. Certa vez, chegando ao motel, descobriram que estavam sem as identidades e que as tinham esquecido lá na semana anterior.

Apesar de toda essa felicidade, nessa época Laura percebeu que a vida de Augusto havia estagnado, e foi a primeira vez que ela lhe cobrou uma atitude: ele não podia continuar a levar aquela vida de escritor que não ganhava nada com seus livros. Ingenuamente, ela tinha imaginado que ele faria sucesso com o último romance, afinal de contas, este recebera uma boa cobertura da imprensa, mas as coisas não funcionavam assim na vida de Augusto, principalmente porque o livro fora uma edição do autor. Ele se sentiu um pouco ofendido com a cobrança, pois tinha passado por um momento difícil e estava juntando os pedaços para seguir em frente, exatamente como ela fizera durante três anos nos Estados Unidos, após a morte do marido.

10

O que Augusto queria mesmo era abrir a sua casa noturna, mas não tinha um tostão para tentar realizar o seu sonho. Foi então que prestou um concurso para a Caixa Econômica Federal, no qual passou entre os primeiros colocados, e começou a trabalhar numa agência no distante bairro de São Mateus, na Zona Leste. Na mesma época, caiu-lhe na mão um exemplar do jornalzinho *São Paulo Em Destaque*, que cobria eventos sociais da noite paulistana. O periódico era tão mal escrito e com tantos erros de português, que Augusto ligou para o editor e perguntou se não precisavam de um redator. Por incrível que pareça, marcaram uma reunião e no dia seguinte ele estava contratado. A redação ficava no último andar do lendário Hotel Cambridge, cujo dono era o mesmo do jornalzinho. Augusto tomou com gosto a tarefa de escrever para o jornal e ia para a redação todas as tardes, depois que terminava o expediente no banco. Em poucas edições, a melhora na publicação ficou patente, e o novo "jornalista" transformou-se em amigo dos donos. O problema é que o pagamento nunca saía em dia.

Nessa época, Laura ficou feliz de ver o namorado trabalhando e fazendo algo que gostava. Notou que, pela primeira vez desde que o conhecera, aquele ar de angústia que sempre acompanhara Augusto havia desaparecido. Tinha parado de cobrá-lo pela demora de seu sucesso na carreira literária e passou a viver sua história de amor sem culpa. Era comum ela passar no Hotel Cambridge no começo da noite e levar o namorado para passear e jantar fora.

Por coincidência, a redação do jornal ficava muito perto do apartamento onde Anabelle morava, e Augusto sempre dava um pulo lá para ver como a ex-mulher estava. Mais de uma vez ele passou a noite com ela e, como não poderia deixar de ser, fizeram amor. Houve até uma ocasião em que ele transou com Anabelle pela manhã e com Laura à noite. De fato, ele não se sentia nem um pouco culpado pelo ato de traição. Na cabeça dele, aquele era o melhor arranjo possível: tinha uma namorada linda por quem era apaixonado e pela qual tinha o maior tesão de sua vida; e tinha uma mulher que amava de verdade e de quem precisava cuidar. Tudo ficava ainda mais tranquilo porque Laura nunca aceitava transar sem preservativos. Ela sentia, acima de tudo, que tinha que se cuidar por causa dos filhos.

11

A época em que escreveu para o jornal *São Paulo em Destaque* foi uma das melhores para Augusto. Tinha algum dinheiro, trabalhava no alto de um prédio histórico na cidade que tanto cultuava e estava bem com suas duas mulheres. Às vezes, Laura e ele brigavam, mas logo faziam as pazes. Era comum ele ser duro com a namorada, principalmente quando ela tinha acessos de estrelismo por causa de seu trabalho, que a mantinha em contato com gente muito rica (donos de cadeias de hotéis, por exemplo); ele a criticava, dizendo que ela era deslumbrada com o "*Grande Monde*" e com aquele universo de "hotéis encantados", Cordon Bleu e todo o resto. Mas, tirando esses detalhes, a vida deles era doce. O tesão entre os dois só aumentava, e Augusto às vezes brincava com Laura, que tinha um lindo pezinho do tipo romano, mas com os dois dedos gêmeos maiores do que o dedão:

— Sabe por que Deus fez esses dois dedinhos assim? — ele perguntava e logo respondia: — Para deixar claro que só Ele é perfeito...

Laura achava graça nesse tipo de brincadeira, mas sabia, e sempre soube, que sua beleza perfeita era tão evidente como a luz do sol. O que trazia de volta aquele velho trauma que sempre a acompanhou, de que os homens só gostavam dela por causa de seu corpo e de seu rosto deslumbrantes. E Augusto, quanto mais conhecia aquele corpo, mais ficava assombrado como uma mulher podia ser tão perfeita; tudo nela havia sido desenhado com carinho pela natureza: os pés, as canelas, as longas pernas, os joelhos arredondados, as coxas fortes e também longas, os quadris largos, a cintura fina, o tronco curto, os seios firmes e com aréolas pequenas e rosadas, os ombros delicados, o pescoço e o rosto de *top-model.* Augusto se perguntava como podia existir uma mulher como aquela e — o que mais o impressionava — que gostasse dele. Enquanto a via dormir usando uma daquelas máscaras pretas que costumavam ser fornecidas em aviões, que Laura usava para descansar os olhos, ele sentia esse assombro diante de tanta beleza, mas era apenas isso, assombro. Muito diferente da ternura comovente que sentia ao ver Anabelle dormindo, com aquela carinha engraçada que lembrava personagens de histórias em quadrinhos ou de desenhos animados antigos.

12

Mas a vida não pode ser perfeita por muito tempo. Certa vez, Augusto comentou com Anabelle sobre um dos hotéis para os quais Laura trabalhava, assim, sem se preocupar com o que dizia. Quão ingênuo... Ela anotou o nome do hotel e ligou para lá, pedindo informações sobre a assessoria de imprensa, e obteve o telefone de Laura, que naquela época tinha o escritório em casa.

De posse do número, Anabelle começou a ligar um monte de vezes, deixando os piores recados possíveis na secretária eletrônica: dizia que Laura era uma puta velha, que fazia ponto na Rua Augusta, que tinha roubado seu "marito", que pagava "boquete" na Rua Augusta, e por aí vai. Os filhos ouviram alguns desses recados e, lógico, ela ficou explodindo de raiva por causa daquilo. Ligou para Augusto, que disse não saber como Anabelle tinha descoberto seu telefone. Ele conversou com sua ex-mulher sobre aquilo, mandando-a parar com aquelas ligações infames, mas não houve jeito, a louca continuava a ligar, despejando todo o seu veneno.

Laura, desesperada, resolveu tomar uma atitude: foi ao 4º DP, na Consolação, e fez um boletim de ocorrência, mostrando a gravação das ameaças de Anabelle. Depois, fez uma cópia do B.O. e o deixou na portaria do prédio onde sua antagonista morava.

Essa atitude desesperada deu resultado, pois Anabelle, querendo averiguar o que estava acontecendo, foi até a delegacia, e lá, como tinha um mandado de prisão aberto, foi direto para o xilindró. Essa ordem judicial era antiga e ela nem se lembrava daquilo, mas não teve jeito, passou a noite presa até que um amigo advogado conseguiu tirá-la de lá no dia seguinte. Augusto tentou visitá-la quando soube que ela estava presa, mas o que conseguiu foi apenas vislumbrá-la por entre o vão de uma porta. Vendo sua ex-mulher atrás das grades, sentiu um profundo aperto no coração.

13

Depois da noite que passou na delegacia, Anabelle ficou ressentida com Augusto, a quem acusava de ter armado com Laura para colocá-la atrás das grades. O que, obviamente, era mentira, já que ele apenas dera à namorada o endereço do apartamento onde a ex-mulher morava. O lado bom foi que ela parou de telefonar para casa da outra e de deixar aquelas mensagens de ódio.

Laura, por seu lado, não culpou o namorado pelo episódio e se sentiu aliviada pelo assédio ter terminado. Os dois passaram, então, por um período de tranquilidade e ficaram ainda mais unidos. Augusto continuava no jornalzinho e, como não gostava de trabalhar na Caixa Econômica, pediu demissão desse emprego, passando a se dedicar integralmente ao ofício de redator no *São Paulo em Destaque*.

Com mais tempo livre, o casal foi viajar várias vezes para o Guarujá e Campos do Jordão, e nessas ocasiões tiveram o melhor sexo de toda a vida. Laura atingira o auge de sua vida sexual aos 44 anos e tinha medo do perder algo que demorara tanto para encontrar. Ela dizia que, se Augusto a abandonasse, mutilaria seus genitais, igual os muçulmanos fazem com suas meninas. Em outra ocasião, após uma briga feia que tiveram por telefone, ela saiu no meio da madrugada para buscar Augusto, que estava na casa da mãe, e dizia, pelo celular, que atiraria o carro contra um poste caso ele não voltasse com ela para seu apartamento. Era um tipo de histeria que mostrava o quanto estava ligada ao namorado.

Ele, por seu lado, não procurou mais Anabelle, porém sentia saudades dela. O problema com relação à ex-mulher era quando ela estava longe: quanto mais tempo passava, pior ficava a saudade e a angústia que sentia. Com Laura era exatamente o contrário: o problema era quando ela estava perto; longe, não o incomodava tanto, era apenas um delicioso desejo físico que em breve seria satisfeito.

Sem querer, Augusto também comparava as duas mulheres de sua vida. Enquanto Anabelle era escrachada e simples, Laura tinha aqueles rompantes de afetação e pretensões ao "*Grande Monde*". Anabelle ficava feliz quando Augusto levava para ela um simples pastel de feira.

— Obaaaaaaa, pastel! — enquanto Laura não ficava satisfeita com um sorvete comum, tinha que ser um autêntico *sorbet*. Por outro lado, Laura o admirava como escritor, achava que ele fazia tudo bem feito; ao contrário de Anabelle, que sempre o criticava, o achava um fracassado e dizia que ele não fazia nada certo na vida.

Mas, apesar do amor por Anabelle, naquele momento Augusto queria ficar com Laura, pois estava apaixonado e sujeito ao imenso poder da ligação sexual. Passadas as brigas por causa da ex-mulher de Augusto, o casal reencontrou a harmonia, e a vida com a família dela corria da melhor maneira possível: ele chegou até a levar os meninos à final do campeonato brasileiro no Morumbi, na qual o Corinthians se sagrou campeão.

Então chegou dezembro e todos os preparativos para as festas. Laura e Augusto montaram a árvore de Natal, foram fazer compras juntos e, antes que ela e os filhos fossem passar o fim de ano em Porto Alegre com a mãe dela, fizeram uma festa de despedida. No dia seguinte, pegariam o avião e, após as festas, passariam uma semana nas Bahamas. Quando se despediram, ao lado do táxi, Laura chorou e disse para Augusto e para si mesma:

— Eu não quero que termine...

14

Augusto ficou em São Paulo porque não tinha dinheiro para viajar com Laura. Na cidade, inevitavelmente, acabou se encontrando com Anabelle, com que passou a noite de Ano Novo. Como fazem os pobres na Pauliceia, o casal foi parar na Avenida Paulista, onde viram os fogos e depois foram beber nos bares da Augusta, para finalmente comprarem um pó na Amaral Gurgel. No dia seguinte, a chuva inundava a cidade, e os dois foram almoçar num pequeno restaurante nordestino para o qual Augusto havia feito uma resenha no jornalzinho *São Paulo em Destaque.*

Após as festas, a realidade: Augusto ficou sabendo que o jornal para o qual escrevia não sairia mais, ou seja, tinha acabado. O Hotel Cambridge também estava nas últimas, os funcionários não recebiam fazia tempo e até o carro do dono tinha sido levado por falta de pagamento. Novamente, Augusto estava desempregado e sem dinheiro.

Depois de duas semanas, Laura voltou de viagem e ajudou a levantar um pouco o moral dele. A primeira coisa que ela disse quando se viram foi:

— Quero dar muito pra você hoje. — E os dois se dirigiram àquele mesmo motel na Marquês de São Vicente, onde fizeram amor três vezes seguidas.

A lua de mel, porém, não duraria muito. Numa manhã de sábado, Augusto estava no apartamento de Laura, tomando café da manhã, quando mãe e filho começaram uma violenta discussão — a bela também tinha um gênio terrível — e o ingênuo namorado foi tentar separar a briga, que descambava para o empurra-empurra, quando o enteado disse:

— Não se mete, sua bicha.

Ao ouvir isso, Augusto, sem pensar muito, deu um tapa no rosto do garoto, que saiu chorando. Laura não gostou nada daquilo e o namorado achou por bem ir embora. O casal não brigou por causa disso; porém, ele nunca mais voltou ao apartamento de Laura. A partir de então, teriam que namorar "escondidos".

15

Augusto estava desempregado, sem dinheiro e decidiu que era hora de tentar realizar seu sonho da casa noturna. Saiu procurando pela cidade e encontrou um antigo casarão na Rua Florêncio de Abreu que era perfeito para o que tinha em mente. Como sempre acontecia em sua vida, quando tomava uma decisão, era difícil demovê-lo da ideia. Arrumou dois sócios, alugou o imóvel usando sua tia como fiadora e colocou as mãos na massa. Era uma loucura tentar abrir um negócio sem capital, mas Augusto nunca parou para pensar em dinheiro: a hora era aquela e pronto.

Fechado o contrato, ele mergulhou de corpo e alma no trabalho de adequar o antigo casarão de 1919 para sua tão sonhada casa noturna. Sentia-se como o pescador do famoso livro *O Velho e o Mar*, que fisga um enorme peixe e tem apenas as forças de seu corpo envelhecido para domá-lo. No caso, o casarão cheio de entulho era o peixe, e Augusto, o pescador. Em resumo, foram dois meses de trabalho braçal, ajudado por um dos sócios, que era marceneiro. Como a sorte nunca esteve do lado de Augusto, este sócio foi assassinado por causa de uma encrenca com traficantes numa transação de maconha, e o alegre e alto-astral marceneiro Alemão deixou este mundo aos 28 anos. O outro sócio, por problemas pessoais, abandonou o barco e deixou Augusto sozinho na empreitada. Foi quando chamou uma DJ, com que tivera um *affair*, para ajudá-lo. Ele a conhecia de muitos anos e tivera um breve caso com ela numa das ocasiões em que estava brigado com Laura. Esta, por seu lado, apoiava o namorado na nova empreitada, afinal de contas, ele sempre dissera a ela que aquele era seu sonho.

Entretanto, sem dinheiro, era difícil fazer as coisas darem certo e foi uma luta para manter a casa noturna aberta nos primeiros meses. Todo mundo gostava da boate, que era realmente interessante e de cujas janelas se via a antiga Estação da Luz com seu relógio iluminado, mas, quando o negócio estava começando a engrenar, Laura foi passar um feriado prolongado em Ilhabela e Augusto se sentiu traído pela namorada, que preferira a praia a estar ao seu lado na boate (verdade seja dita, ela o havia acompanhado desde a difícil abertura, sempre prestigiando os eventos). O fato é que ele não gostou daquilo e, muito ao seu estilo, disse ao telefone que ela não era companheira e mandou-a passear, como já havia feito outras vezes, sempre sabendo que ela voltaria pedindo para fazerem as pazes; assim, aplicava aquela deliciosa massagem em seu ego.

Porém, daquela vez foi diferente. Laura fora para Ilhabela com sua amiga Karen e, na casa de praia, reencontrou o cunhado da amiga, com quem flertara numa atitude descarada que chocou a todos na casa. De volta do feriado, eles se encontraram e ela meteu uns chifres em Augusto. Por causa do incidente, Karen rompeu para sempre as relações com a amiga.

O mais interessante é que o *affair* teve início numa banheira de hidromassagem em que todos entraram nus, um costume inocente para os dinamarqueses. O problema começou no momento em que o cunhado — que não era dinamarquês — viu a deslumbrante beleza nua de Laura.

16

Quando Augusto notou que Laura não o procurava mais, sentiu-se livre para chamar Anabelle para trabalhar com ele na boate. Ela conhecia muita gente na noite e, pareceu a ele, ajudaria a dar um *upgrade* na casa (e ao mesmo tempo amenizar seu sentimento de culpa, que nunca o abandonava). Augusto achava que devia isso a ela, como uma maneira de reparar seu erro ao abandoná-la sozinha com sua fábrica, quando foi para a Europa. E assim foi feito, o que foi outro grande erro. Logo que começou a trabalhar no casarão, Anabelle brigou com todo mundo e mandou embora a DJ e todo aquele pessoal *underground* que esta trouxera: o público gótico e alternativo que estava mantendo a casa. A partir daí, foi o começo da derrocada. Anabelle promoveu festas, bazares, mas a coisa ia de mal a pior. Augusto entrou em parafuso, pois não conseguia pagar o aluguel, e foi quando ele decidiu procurar a ex-namorada.

Laura, por seu lado, não quis falar com ele, e o infeliz começou a insistir, ligando sem parar, deixando mensagens na secretária eletrônica dela, tais como:

— Quem vai chupar seu lindo cuzinho agora? — E coisas do tipo.

Foi quando Laura pediu a sua empregada que ligasse para Augusto, dizendo para ele não telefonar mais, solicitação que ele não respeitou. Quando conseguiu finalmente falar com ela, foi desprezado. Ele dizia que queria vê-la apenas uma vez, para que ela dissesse, olho no olho, que não queria mais nada, pedido o qual ela ironizou e em seguida desligou. O infeliz, porém, não se intimidou e só parou de ligar quando, certa noite, um homem atendeu o telefone e disse ser o namorado dela. Era o tal cunhado de Karen, que tinha destruído seu casamento por causa da imensa beleza de Laura.

Depois disso, Augusto entrou em parafuso. No casarão, Anabelle assumira o controle; se mudara para lá e chamara o filho e a nora para ajudá-la. Jerônimo e sua mulher arrumaram dinheiro para pagar uma parte do aluguel atrasado e tomaram conta do negócio. Augusto teve que abandonar aquele enorme "peixe" que tinha domado sozinho, deixando-o para Anabelle e seu filho, que, apesar de ser dentista, já havia algum tempo trabalhava como DJ. Augusto tinha perdido tudo: sua linda namorada, seu sonho e ainda ficara com uma dívida que teria de pagar quando o casarão finalmente fechasse.

QUINTA PARTE

1

Depois que perdeu o negócio e foi dispensado definitivamente por Laura, Augusto entrou em depressão e se afundou na bebida. Passou duas semanas se embriagando sem parar, vagando pela cidade, até que um telefonema o salvou. Era uma fotógrafa com quem tinha trabalhado no jornal *São Paulo em Destaque*, perguntando se ele estaria disposto a ser redator em duas revistas que ela estava produzindo para uma grande editora. Tratava-se de revistas populares sobre Forró e Rap, mas para Augusto não fazia diferença: ele precisava trabalhar.

Aquilo foi uma benção para ele, que passou quase um ano escrevendo para as publicações, apesar de não ganhar muito. Anabelle continuava no casarão tentando levar em frente o seu projeto. Por uma grande ironia, houve uma vez em que, numa grande festa, Augusto foi expulso da boate que tinha levantado com as próprias mãos, porque estava bêbado.

O problema no casarão é que Anabelle encrencava com todo mundo e, ao final do contrato, a imobiliária não quis mais renovar a locação, pois havia um monte de aluguéis em débito. Augusto ajudou a desmontar toda a tralha de Anabelle e levá-la para a casa de um amigo dela, que guardaria as coisas. Foi mais uma paulada que ele teve que aguentar. E, no final, ainda foi obrigado a pagar a dívida do aluguel, usando para isso o dinheiro que recebera da venda de um pequeno apartamento que o pai tinha no Rio de Janeiro.

Anabelle, por seu lado, sacudiu a poeira e foi morar com um amigo gay em São José do Rio Preto, e Augusto ficou sozinho na metrópole. Ele tinha saído da revista e, mais uma vez, estava sem emprego e sem dinheiro. Mas dessa feita não entrou em parafuso: começou a escrever seu terceiro romance e, assim, mantinha-se ocupado.

Como estava quebrado, teve que vender algumas joias que tinha "subtraído" da mãe. Do dinheiro que conseguia, pegava uma parte para si e o resto enviava para Anabelle. Se vendia um anel por R$ 500,00, ficava com R$ 100,00 e mandava R$ 400,00 para a ex-mulher. Como Augusto já havia descoberto, o sentimento de culpa pelos erros cometidos contra o ser amado, assim como o amor, nunca termina. Era como se todas as dificuldades pelas quais Anabelle passasse fossem culpa sua, o que se somava às suas próprias frustrações e fracassos, tornando-se um fardo único e difícil de suportar, e geralmente ele só tinha uma maneira de amenizar a dor: o álcool.

Nesse mesmo período em que Anabelle esteve fora, uma pessoa sempre ligava para a casa de Augusto e desligava sem falar nada.

2

Quando Laura o largou, foi para Augusto como se lhe houvessem arrancado a sexualidade desde sua raiz, no fundo de suas entranhas. Toda aquela imensa ligação sexual que tivera com a ex-namorada fora cortada a frio, sem que nada fosse colocado em seu lugar. Uma das coisas que mais o faziam sofrer era o maldito perfume *Angel*, de Thierry Mugler, que estava na moda na época. Augusto dissera a Laura certa vez que adorava quando ela usava aquela fragrância, e ela caprichava na dose, principalmente quando iam transar; passava bastante perfume em sua buceta, a qual Augusto chupava minuciosa e profundamente. Depois de terminado o namoro, cada vez que sentia o maldito perfume, Augusto se encolhia todo, numa profunda onda de frustração e dor sexual. Essa sensação causada pelo perfume demoraria anos para passar.

Nessa fase, enquanto Anabelle estava em São José do Rio Preto, Augusto conhecera na noite uma garota ruiva — Telma — com quem começou a sair. A menina era 16 anos mais nova do que ele e, apesar de bem cheinha, tinha um rosto e um cabelo muito bonitos. Foi a primeira mulher com quem ele transou depois de Laura (e de Anabelle) e sua decepção foi grande: nua, Telma não tinha propriamente um corpo bonito e ele não conseguia deixar de compará-la a Laura, que era a verdadeira materialização da perfeição, apesar dos 44 anos. Depois de transar com a garota, uma tristeza geralmente se abatia sobre Augusto: era o fantasma da deusa da beleza envolta em perfume *Angel*, de Thierry Mugler, que vinha lhe assombrar.

3

No final do ano, quando estava concluindo seu pequeno romance, Augusto conseguiu um emprego de revisor numa editora que publicava uma revista sobre estética e um guia da cidade de São Paulo. Por incrível que pareça, esse trabalho chegara na hora certa, já que ele praticamente havia terminado de escrever o livro e seu dinheiro também tinha acabado. Continuava namorando com a jovem ruiva, que, apesar de não ser uma "Laura", era uma garota doce e inteligente.

A vida seguia dessa forma até que o "terror" voltou a São Paulo: Anabelle. Augusto a recebeu um dia em sua casa e, quando ele estava no banheiro, a ex-mulher remexeu as coisas dele sobre a escrivaninha e encontrou um livro de Clarice Lispector dedicado aos "18 anos da amiga Telma" — um livro que a namorada lhe emprestara. Em seguida, ela pegou um caderninho de Augusto onde havia, entre algumas anotações, o telefone de uma certa Telma. Quando ele voltou do banheiro, Anabelle já estava quietinha, sentada na cama. Ela foi embora e, no dia seguinte, começou o terror telefônico contra a pobre garota ruiva. Em resumo, o tormento foi tanto que a moça nunca mais quis ver Augusto.

Anabelle tinha conseguido o que queria: separar o ex de sua jovem namorada, e este, mais uma vez, perdoou todas suas atitudes e aceitou a ex-esposa de volta. Mas o ciúme dela só aumentava. A possessividade era tão grande, que bastava Augusto dar um mínimo motivo para que ela estourasse de ódio e ciúme. Certa vez, depois de uma briga, ela entupiu a secretária eletrônica da casa da mãe de Augusto com várias mensagens de ódio: "você é um filho da puta"; "tem um pinto asqueroso"; "é um safado"; "é uma bicha"; "seu cretino"; "ignorante, ignorantão"; "eu te odeio"; "vou te fazer a vida impossível"; "seu ridículo"; "mentiroso, falso, sacana, cafajeste"; "louco"; "se mata, porque você não serve para nada"; "canalha"; "podre"; "me passou coceiras, doenças"; "vai se foder"; "sua vida está uma merda, miserável e pobre"; "você é uma pessoa ruim, sem coração"; "você me usa"; "te desejo a pior das sortes"; "você é um pobre miserável"; "é um idiota, petulante"; "tremendo azarado"; "sempre vai ser pobre"; "seu palhaço"; "tá sempre caindo na rua de bêbado"; "você é baixo e vive na escuridão"; "usa roupas capenguinhas e cuida do cabelinho ridículo"; "você se acha alguma bosta?"; "não é capaz de procurar um prato de comida"; "você acabou com minha vida, mas vai ficar bem pior".

Se alguém tivesse dito um ou dois desses impropérios a Augusto, certamente ele nunca mais olharia na cara dessa pessoa, mas, como tinha sido Anabelle, algumas semanas depois tudo estava esquecido e os dois ficaram juntos novamente. O incrível é que Augusto era rancoroso e tinha boa memória para as ofensas que recebia, mas a ela tudo era perdoado, mesmo que ele tentasse não fazê-lo. Passado algum tempo, ele simplesmente achava graça nas ofensas proferidas, até se divertia imitando-as no jeito de falar característico da argentina.

Pelo lado dela, bastava Augusto dar-lhe uma boa trepada para que ela caísse de amores novamente. Diz o ditado popular que amor e ódio são os dois lados da mesma moeda, o que é uma grande bobagem: paixão e ódio, sim, são polos opostos. Quem ama não consegue sentir ódio por muito tempo e sempre, sempre, perdoa.

4

Augusto suspeitava que aquelas ligações-fantasma que recebia eram feitas por Laura, mas, como na época não existiam identificadores de chamada, não havia como ter certeza. Durante aquele um ano e meio desde que acabara seu relacionamento com a bela, Augusto fizera uma retrospectiva dos fatos e chegara à conclusão de que acontecera com ela o mesmo que com Carrington, Tomas e consigo: que Laura sentia por ele o amor verdadeiro. Se isso fosse verdade, ela nunca conseguiria se livrar dele, do mesmo modo que ele, Augusto, não conseguia se livrar de Anabelle.

As semelhanças dos acontecimentos dos dois relacionamentos pareciam-lhe óbvias: Laura nunca se apaixonara por Augusto, e começara a sair com ele porque o achava divertido e diferente (ela se apaixonaria por um homem rico e poderoso, não por um escritor pobretão como ele, Augusto imaginava). Sem se apaixonar, ela ficara livre para ver a beleza da alma dele, o que teria acontecido definitivamente naquele dia do lançamento do segundo romance do escritor, no qual ele, bêbado, mostrara sua alma frágil, e ela, Laura, o vira como se fosse uma criança de quem tivesse que cuidar. Essa era a teoria, e ele acreditaria nisso por muitos anos.

Finalmente Augusto recebeu aquele telefonema que esperava: era Laura. Ela disse que estava muito feliz por saber que ele não guardava rancores do passado e contou uma estranha história: seu analista lhe recomendara que fizesse as pazes com as pessoas importantes em sua vida, e dizia que, como o pai e o marido estavam mortos, era importante que ela ficasse em paz com Augusto. Ele achou aquilo muito esquisito, mas, se faria bem a ela, que assim fosse. Marcaram de se encontrar num bar que frequentaram muito na época em que estavam juntos.

5

Quando Augusto chegou ao local do encontro, Laura já estava sentada numa banqueta ao lado do grande balcão que serpenteava o salão do bar. No momento em que a viu, ele sentiu um frio na barriga: ela continuava linda. Por seu lado, quando viu Augusto, Laura sentiu um aperto no coração e sorriu.

— Me dê um abraço, meu querido — foi a primeira coisa que ela disse. Augusto fez o que ela pediu, tentando não pensar no que aquilo significava, afinal de contas, ela terminara um relacionamento intenso de quase dois anos por telefone.

Foi Laura quem conduziu o diálogo, contando como estavam seus filhos, os amigos em comum e toda uma conversa fiada. Por sua vez, Augusto contou o que andava fazendo, o que acontecera no tempo em que ficaram afastados e perguntou, na lata, se ela ainda estava namorando com aquele cara que atendera o telefone um ano e meio antes.

— Imagina... — ela respondeu. —Ele era casado. Não deu em nada.

Foi aí que a ficha caiu para Augusto. Ele, por pura intuição e por conhecer os amigos de Laura, soube na hora quem era aquele cara casado, e também que tomara um chifre quando ainda estavam juntos. Notara, certa vez em que foram à casa de Karen, como o cunhado desta olhava para Laura, e não foi difícil descobrir quem era o cara que atendera o telefone naquela noite de um ano e meio atrás, e que eles haviam começado o "lance" naquele feriado em Ilhabela, o qual fora o estopim para a separação do casal.

— Eu sei quem é ele. Era o cunhado da Karen, não era? — Augusto disse, com a intempestividade de quem acabou de descobrir algo importante.

Laura, toda sem jeito, teve que admitir a verdade. E perguntou como ele descobrira.

— Do mesmo jeito que eu sabia que era você quem sempre me telefonava e depois desligava sem falar nada: é como somar dois e dois, o que sempre dá quatro.

Ela ficou mais uma vez sem saber o que falar, e finalmente murmurou:

— Mas não tinha como você saber que era eu no telefone...

Augusto começou a se sentir mal e se perguntou o que estava fazendo ali.

— Acho melhor eu ir embora — ele comentou, e se levantou da banqueta.

— Não, não vá — ela disse, segurando-o pela manga da camisa.

Naquela época, Augusto estava havia algum tempo sem beber álcool, e sentiu uma enorme vontade de tomar uma bebida, mas respirou fundo e controlou-se. Novamente Laura tomou a palavra:

— Não vamos brigar... Não é bom a gente estar aqui depois de tudo o que passou?

Augusto não respondeu a essa pergunta e aproveitou para pedir uma cerveja sem álcool, que era o que bebia na época.

Laura jogou todo o seu charme e no final Augusto se deixou levar pela conversa. Na hora de ir embora, ela o beijou e disse que estava morrendo de vontade de transar com ele, mas que não queria fazê-lo naquele momento, pois iria parecer que era tudo uma questão de sexo. Como nos velhos tempos, deixou o ex-namorado na porta de casa.

6

Quando Laura o procurou depois de um ano e meio, fazia pouco tempo que Augusto conseguira se recuperar daqueles acontecimentos que o haviam deixado na pior: a perda da maior paixão de sua vida, o fim do sonho da casa noturna e o prejuízo financeiro que tivera que amargar. Ele teve de recomeçar sozinho e do zero.

O fato de Laura procurá-lo foi uma grande massagem no seu ego, fez renascer aquele fogo que ficara preso dentro de suas tripas por tanto tempo, e o infeliz novamente se apaixonou pela bela mulher.

Mas as coisas haviam mudado e o apaixonado logo iria tomar na cabeça. Na segunda vez que saiu com a ex, deu a ela um pequeno poema que falava da reaproximação dos dois e que terminava dizendo "que ele se contentaria se ela deixasse para ele um pequeno quarto no seu coração", ou algo parecido. O poema era horrível e ela não gostou nada daquele negócio de "quartinho em seu coração", mas o que a incomodou mesmo não foi a poesia ruim, mas sim saber que Augusto estava trabalhando como revisor na editora de um conhecido seu, ou seja, ele continuava um zé-ninguém e isso não a agradava. Aquilo não estava nos seus planos. No fundo, ela tinha vergonha da condição econômica dele, do fato de ele não ter um carro e de estar sempre sem dinheiro. Dessa forma, Augusto experimentava na pele o mesmo veneno que tantas vezes aplicara em Anabelle, pois era comum ele ter vergonha dela, por ser mais velha e todo o resto.

No dia seguinte a esse encontro, Augusto, com o coração cheio de paixão, ligou do seu trabalho para o escritório de Laura (agora ela não trabalhava mais em casa), que o atendeu com má vontade e disse para ele não ter ilusões, que aquela história de "quarto no coração" não tinha sentido e que, no fundo, ela não dava muita importância a ele. Quando desligaram o telefone, Augusto se trancou no banheiro do escritório, para que ninguém na editora o visse choramingando como uma mocinha. "*'Cause boys don't cry. Boys don't cry...*", dizia a antiga música do The Cure.

Naquele mesmo dia do telefonema, ele saiu com o pessoal da editora e voltou a beber depois de quase um ano longe do álcool. Em meio à bebedeira, prometeu a si mesmo que não iria mais procurar Laura.

7

Augusto realmente não a procurou mais, porém ela, depois de alguns dias, novamente lhe telefonou. Disse que naquele dia em que se falaram pelo telefone não estava bem, mas que não era para ele se importar com as coisas que ela dizia. Estava com saudade dele e queria que os dois se encontrassem. E assim foi feito.

Ela chegou toda amorosa e finalmente, depois de quase dois anos, eles foram novamente àquele mesmo motel onde haviam sido tão felizes. Para Augusto, foi uma glória ter de novo aquela mulher em seus braços e poder tocar aquele corpo que conhecia tão bem. Mas algo havia mudado. Augusto se esforçou ao máximo para fazê-la gozar, mas não havia jeito, Laura não conseguia chegar ao orgasmo. Ela depois pediu desculpas, dizendo que não sabia o que estava acontecendo. Mas ele sabia: ela estava entrando no climatério.

Os dois continuaram a sair juntos, mas sempre escondidos dos filhos dela. Laura mentia para eles quando saía com Augusto, dizendo que iria à casa de fulana de tal ou a um evento de trabalho. Ela se sentia injustiçada por não poder ficar com o namorado de quem gostava, e costumava dizer a Augusto:

— Que droga, o namorado tem que agradar a mim, não aos meus filhos. — No que estava certa, mas os filhos vêm em primeiro lugar para uma mãe, e concluía o pensamento com um desabafo: — Isso tudo é uma grande tragédia.

Mesmo tendo esse tipo de visão clara da realidade, Laura encontrava uma maneira de culpar Augusto por essa situação: ela novamente o cobrou por ainda não ter feito sucesso como escritor, e a resposta dele foi sincera e correta:

— Mas eu nunca te prometi que iria ficar famoso, apenas disse que escrevia livros.

O fato de Augusto ainda não ter feito sucesso não impediu que os dois continuassem saindo. Certa noite, o casal foi à noite de autógrafos do livro de um conhecido dela, com a intenção de que Augusto conhecesse o autor e seus amigos. Um deles era um publicitário gay que já trabalhara como livreiro — Oscar Madeira — e Laura insistiu para que Augusto fosse à casa dele para levar seus livros e manuscritos. Alguns dias depois, ele foi ao apartamento do tal publicitário, beberam uns uísques e, a partir daí, Augusto passou a ser convidado para as festas que o publicitário fazia em seu grande apartamento com vista para o Parque Trianon, mesmo quando a namorada não podia ir.

Algumas semanas depois dessa noite de autógrafos, Laura e Augusto transaram pela última vez. Depois de um jantar romântico, foram para a casa dele, onde ficaram a sós no quarto. Novamente, Laura não gozou, mas dessa vez os dois não deram muita bola para isso. Ele foi levá-la em casa, dirigindo o carro, e, no caminho, enquanto fazia carinho na nuca do namorado, ela comentou:

— Eu gosto tanto de você, Piu-Piu.

Ele voltou para sua casa de táxi. Foi a última vez que saíram juntos.

8

Augusto começou a frequentar a casa do publicitário, que sempre fazia encontros, jantares e festas. Foi nessa época que ele escreveu o conto *Do Footing ao Carro Blindado*, que saiu na revista-guia publicada pela editora na qual trabalhava. Nesse conto, ele prestava uma homenagem ao folclórico Oscar Madeira, que morava na Peixoto Gomide.

"Numa dessas tardes nubladas de sábado, tão características da Terra da Garoa, resolvi fazer um dos meus programas preferidos em São Paulo: ir até o centro da cidade e passear pelas ruas históricas que ficam na parte mais antiga da Pauliceia, o outrora chamado Triângulo (a região compreendida entre a Praça da Sé, o Largo de São Bento e o Largo de São Francisco) e, no começo da noite, assistir a um filme num dos poucos cinemas de rua que restaram por lá.

Depois de flanar pelo Triângulo, apreciando a arquitetura antiga que ainda resiste naquela região histórica, atravessei o Vale do Anhangabaú e me dirigi ao Cine Olido, na Avenida São João, o único ainda em razoáveis condições no Centro e que não descabara para os filmes pornôs. Qual não foi minha surpresa quando, ao chegar nesse cinema, descobri que as suas três salas haviam sido fechadas e iriam dar lugar a umas secretarias da Prefeitura, que alugara o enorme edifício de 23 andares.

O Olido era o último dos grandes cinemas da São João, que outrora abrigou dezenas deles, na região que à época era conhecida como 'Cinelândia Paulistana,' tamanha a concentração de salas que havia por lá (de modo diferente da Cinelândia Carioca, essa região em São Paulo perdeu o apelido e virou simplesmente 'Centrão'). Lembrei-me de quando era criança e das tardes de domingo, quando, junto com meus amiguinhos do bairro, íamos assistir a matinês na 'Cidade,' que era como chamávamos a região central. Naquela época, nos guias de jornais, as salas de projeção do Centro eram mais de 30.

'Onde foram parar todos aqueles cinemas?,' perguntei-me, e comecei rapidamente a fazer um inventário das salas que haviam desaparecido ao longo dos anos; Las Vegas, Art Palácio, Saci, Ritz, Metro, Regina, Paissandu, Espacial, Comodoro, Marrocos, Ipiranga, Marabá, Art Palácio, Coral, nomes que a gente lia em néon nas marquises iluminadas ao caminhar do desaparecido 'Buraco do Ademar' até a Praça Marechal Deodoro, ao longo da famosa avenida que serviu de inspiração a uma das músicas-símbolo da cidade de São Paulo: Ronda. De todos aqueles cinemas, apenas um foi demolido, o Regina, os outros viraram estacionamentos, bingos, cines pornôs e, em sua maioria, igrejas evangélicas das mais variadas.

'Sinal dos tempos,' pensei, 'tempos que não voltam mais.' O Centro perdeu seu glamour, ficou sujo e fora de moda, assim como o footing *de sábado à noite ou de domingo à tarde por aquelas mesmas calçadas largas da Avenida São João.*

Aliás, nada mais fora de moda do que footing *em São Paulo. Hoje em dia, andar a pé pela cidade é brega, é coisa de pobre, e paulistano chega a ter vergonha de sair de casa se não for de carro; pega o carro até para ir comprar pão na esquina.*

Tive oportunidade de observar um exemplo dessa fobia cultural a andar a pé por ocasião de uma visita que fiz a um folclórico publicitário que morava num apartamento na Rua Peixoto Gomide, bem ao lado do Parque do Trianon. Depois de tomar alguns uísques, o convidei para irmos ao badalado bar Spot, a exatamente uma quadra e meia do apartamento dele. Era uma noite quente, eu tinha em mente uma breve caminhada pela Avenida Paulista, e achei estranho quando o elevador parou na garagem. 'Será que ele precisa pegar alguma coisa no carro?,' pensei, mas qual não foi minha surpresa quando ele pediu que eu entrasse no automóvel. E assim, devidamente motorizados, fomos nós para o bar.

Lá chegando, aquele mesmo ritual de descer do carro, cumprimentar os manobristas conhecidos e entrar pela famosa porta giratória. Como mencionei antes, achei esquisito irmos de carro, já que o bar ficava colado ao apartamento do publicitário, mas, quem sabe, pensei, talvez ela vá para outro lugar quando sair de lá.

Tomamos alguns drinques, conversamos, vimos o movimento e, no final, o publicitário encontrou alguns amigos e resolver ficar um pouco mais, enquanto eu ia embora, pois tinha que acordar cedo no dia seguinte para trabalhar. Ao sair do bar, perguntei ao manobrista que nos havia recebido:

— O fulano costuma vir sempre de carro?

— Sempre.

— Mas ele mora aqui do lado...

— Eu sei... — comentou o manobrista — mas ele sempre vem de carro.

— Será que é por medo de sequestro?— perguntei.

— Que nada... o carro dele nem é blindado — ele comentou, em tom maroto, e acrescentou: — Acho que o medo dele é que pensem que não tem carro...

Dei uma risada, achando graça do comentário espirituoso do manobrista, e fui para casa, fazendo um footing *noturno pelas calçadas desertas da Avenida Paulista."*

9

Nos dias seguintes, Laura fez uma viagem de negócios a um *resort* no Nordeste e ficou alguns dias fora, incluindo o final de semana. Augusto ligou para ela muitas vezes, sem sucesso, e deixou várias mensagens na secretária eletrônica, às quais ela não respondeu. No sábado, o infeliz apaixonado foi ao centro da cidade e comprou um par de meias azuis com a estampa do Piu-Piu, um presentinho que, imaginava, a namorada iria achar engraçado e carinhoso: uma forma de mostrar que queria cuidar dela e de seus lindos pezinhos.

Passaram-se vários dias até que ela retornasse os telefonemas e mensagens que Augusto deixara na caixa postal, dias esses em que ele sofrera o ciúme do apaixonado. Muito ao seu estilo, quando atendeu o telefone e ouviu que era Laura, disse a ela que não precisava mais ligar, ao que ela, também no seu jeito estourado, respondeu:

— E você não deixe mais recados na minha secretária eletrônica! — E desligou na cara dele.

Quando esfriou um pouco a cabeça, Augusto tentou várias vezes ligar para a namorada, mas o telefone dela ficou ocupado a noite inteira. Ele foi para a rua, comprou alguns cigarros soltos num bar e tentou colocar as ideias em ordem: "Porra, quando eu finalmente consegui me levantar, essa mulher vem me foder a vida!". Novamente prometeu não procurá-la mais. Quando voltou para casa, queimou no bidê do banheiro o par de meias estampadas com a figura do Piu-Piu.

A reaproximação do casal durara pouco mais de três meses. O penúltimo capítulo da história dos dois aconteceu duas semanas após a briga pelo telefone, por ocasião de uma festa que publicitário Oscar Madeira deu em seu grande apartamento. Laura sabia que Augusto estaria lá e resolveu se vingar.

Como já havia acontecido outras vezes, o escritor fora convidado para a festa e, sem imaginar que Laura compareceria, chegou todo pimpão ao local, bem vestido e realmente ainda muito bonito. Assim que entrou no grande salão, tomou um susto: ela estava lá, conversando numa rodinha.

Augusto tentou manter a compostura, mas, como tinha problemas com bebida, começou a mandar ver no champanhe, isso sem tirar os olhos de Laura, que também não o perdia de vista. Num momento em que ela estava sozinha, ele a abordou, pegou no braço dela e disse que gostaria de conversar, ao que ela respondeu:

— Me solta, eu estou com um amigo! — E voltou para a rodinha.

O apaixonado Augusto não digeriu bem aquilo e foi se refugiar com umas pessoas que conhecia. Nesse meio tempo, o anfitrião lhe convidou para dar um tiro de cocaína no quarto, e Augusto aceitou. Quando voltou à sala, Laura continuava a conversar com um cara, mas sem tirar os olhos de Augusto; o tal cara nem suspeitava que estivesse sendo usado numa vingancinha infantil e acreditava estar em meio a uma grande conquista. Quando Augusto viu Laura sozinha junto à mesa de comidas, tentou novamente falar com ela, que lhe deu a dispensada que havia ensaiado direitinho:

— Acabou, Augusto. Ok? *No hard feelings...*

Quando ouviu essa última parte na pronúncia perfeita do inglês de Laura, ele não se conteve e ironizou:

— *Nooo hard feeeeeelings...* — imitando o jeito afetado com que ela falava. Laura, sentindo-se ridicularizada, deixou-o falando sozinho.

O final da história é que Augusto se embebedou completamente, cheirou várias carreiras de cocaína e saiu andando pela cidade, bebendo em todos os bares que encontrava abertos. Voltou para casa com o dia claro e teve uma crise de choro e de depressão pós-traumática quando acordou. A vingança da ex fora completa, mas, para sorte do infeliz apaixonado, na segunda-feira a vida tinha que continuar. "*Monday, Monday, lá, lá, lá, lá, lá, lalá...so good to me...*".

10

Dessa vez, por já estar vacinado, a dor da pancada que tomara de Laura passou mais rápido para Augusto. O trabalho o ajudou, já que tinha que se levantar cedo todo dia e encarar os colegas de escritório. A bebedeira que tomara naquela noite na casa do publicitário foi tão grande, que ele novamente se afastou do álcool.

Voltou a se encontrar com Anabelle. Passou a ajudá-la na arrumação da casinha que ela tinha no bairro do Paraíso e que estava quase em escombros. Ela não tinha onde morar e precisava se mudar para a casa que comprara muitos anos antes e na qual nunca vivera, porque começou a reformá-la sem nunca ter terminado. Nos finais de semana, Augusto dava uma de pedreiro e colocava a mão na massa, literalmente, fechando paredes, arrumando pisos e todo o resto. Essa atividade lhe fez bem e novamente ficou próximo a Anabelle, que nunca soube de sua recaída com Laura.

Ele se dedicou ao trabalho, à ginástica e voltou a frequentar eventos para os quais era convidado por trabalhar numa editora. Juntou dinheiro para comprar um Opalão, um sonho que tinha desde criança, quando seu pai tivera um Opala SS vermelho de seis cilindros. Após procurar por algumas semanas, encontrou um ótimo carro numa loja em Sapopemba, e fez a compra. Estava todo feliz com seu novo carrão velho até que, uma semana depois da aquisição, este foi furtado quando estava estacionado perto da hípica do Brooklin, a poucas quadras de onde ele trabalhava. Por uma dessas ironias sádicas do destino, Augusto tinha marcado de levar, naquele mesmo dia em que seu carro foi roubado, uma paquera muito bonita a um evento na Sala São Paulo. Quando foi pegar o carro e viu que ele tinha sumido, sentou-se no meio-fio e começou a chorar. Sentia-se perseguido pelo azar. Pegou um ônibus e chorou o caminho inteiro até chegar em casa. E o pior é que ainda faltava pagar metade do carro.

11

Depois que teve o Opalão furtado, Augusto entrou em depressão e acabou sendo demitido do emprego, pois tivera uma recaída no álcool e faltara vários dias seguidos ao trabalho. Sentia-se o último homem do mundo, a quem era negado até o direito de ter um carro velho.

Para tentar espantar a depressão, decidiu publicar o livrinho satírico que escrevera no ano anterior. Fez toda a produção do livro, como no seu outro romance, e começou a correr atrás dos preparativos para o lançamento. Desenhou ele mesmo a capa, fez a diagramação e todo o processo para a impressão e montagem do livro. Por despeito, enviou a Laura um convite para a festa de lançamento, mas não esperava que ela comparecesse.

No evento para autógrafos, Augusto estava muito bem vestido, bronzeado, com o cabelo num visual que lembrava muito o replicante interpretado por Rutger Hauer no famoso filme *Blade Runner*. Ele estava distraído, fazendo uma dedicatória num livro, quando Laura apareceu. Ficou gelado quando a viu, mas comportou-se bem, apesar da fria polidez.

— Obrigado por ter vindo — ele disse, sem sorrir, e a cumprimentou com um beijo na bochecha.

Pegou o livro que ela lhe estendia e fez a seguinte dedicatória: "Para a bela Laura, com um grande beijo do Augusto César", que era exatamente igual à que fizera três anos antes quando saíram juntos pela primeira vez e a presenteara com um exemplar do seu romance de estreia. Diante da frieza do ex-namorado, Laura se despediu e foi embora.

Augusto ficou alguns minutos pensando no que acabara de ocorrer e achou, naquele momento, que havia agido certo. Vingara-se de maneira fina e sutil da desfeita que Laura lhe fizera naquela vez na casa do publicitário Oscar Madeira. Sentiu-se satisfeito consigo e divertiu-se muito até o final da noite de autógrafos, indo depois fazer uma "esticada" com alguns amigos numa boate perto de sua casa. Aquela foi a última vez que falou com Laura.

12

Quando saiu do bar onde estava acontecendo a noite de autógrafos, Laura sentiu-se humilhada com o desprezo que sofrera por parte de Augusto. Ele fora fino e frio como uma garrafa de água Perrier gelada (uma expressão que ela gostava de usar). Quando recebeu o convite de Augusto na semana anterior, Laura sentira-se feliz e ao mesmo tempo confusa. Ela imaginava que o gesto do convite fosse um aceno de Augusto para que fizessem as pazes, e, no dia do lançamento do livro, não conseguiu se segurar e foi até o evento na Alameda Santos. Quando chegou lá, de fora do bar avistou Augusto e notou que nunca o vira tão bonito como naquele final de tarde. Sentiu um aperto no coração, suas pernas ficaram bambas e ela quase deu meia-volta. Então retocou o batom e entrou no bar. Assim que cruzou a porta de vidro, avistou a mãe de Augusto, a quem conhecia bem, e foi falar com ela. Sua antiga e segunda *belle-mère* a recebeu com carinho e lhe vendeu um livro. Augusto, então, se levantou para receber Laura e seu jeito frio foi como um tapa com luvas de pelica no lindo rosto dela, que estava um pouco mais gorda do que da última vez que ele a vira.

Ela pegou o livro com a dedicatória, voltou para o carro e chorou, sentindo-se desprezada e humilhada. Mas o que ela esperava depois da maneira como tratara Augusto na casa de seu amigo Oscar Madeira?

Ele, por seu lado, sentiu-se muito satisfeito com o que fizera e, numa análise fria, considerou ter tomado uma ótima atitude. Caso tivesse aceitado Laura de volta, pensou, com certeza alguns meses depois ela o teria dispensado novamente, afinal de contas, ele continuava um escritor desconhecido e, o pior de tudo, pobre.

Algumas semanas depois do evento, Laura entrava na menopausa. Ela nunca mais procurou Augusto.

13

Depois da publicação do seu quarto livro, Augusto finalmente percebeu que estava dedicando sua vida a algo que não lhe dava nada em troca. Foi quando decidiu que tinha que tomar outro rumo. Estudar engenharia tinha sido um grande erro, isso era claro, e ele há muitos anos sabia que deveria ter cursado arquitetura, pois, desde criança, tinha ligação com casas e prédios que o atraíam. Quando menino, chegara a brincar de desenhar plantas baixas, mas se cansou daquilo e continuou fazendo o que mais gostava: montar kits da Revell de aviões e navios. Achava que arquitetura era coisa de mulher e imaginava, então, que queria ser engenheiro aeronáutico, mas, depois que começou a surfar, decidiu-se por engenharia naval, pois dessa forma aliava as duas coisas de que mais gostava: o mar e navios.

Após lançar seu quarto livro, Augusto decidiu que tentaria corrigir o grande erro de sua vida e prestou vestibular para arquitetura na USP. Passou na FAU entre os primeiros colocados e, numa atitude de grande coragem, respirou fundo e foi ser calouro aos 37 anos. Nessa época, sobrevivia fazendo traduções e revisões de teses para alunos da universidade (e da guarida que sua bondosa mãe lhe dispensava).

Quando estava no primeiro ano da faculdade de arquitetura, ele ainda tinha contato com um amigo jornalista com quem trabalhara naquela editora que publicava revistas de beleza e guias da cidade. Esse amigo sempre lhe dava entradas para eventos e, numa dessas vezes, passou-lhe um convite da reinauguração da famosa boate Limelight. Ele avisou a Augusto que sua antiga namorada, Laura, estava fazendo a divulgação da casa e provavelmente estaria na festa.

Augusto queria ir ao evento e o fato de a ex estar lá tornava tudo mais interessante. Ele ainda acreditava que ela sentira o amor verdadeiro por ele e, para comprovar sua tese, queria ver o que aconteceria nesse encontro. Caso ela sentisse algo por ele, se desmancharia ao vê-lo e não resistiria ao ser amado.

Arrumou-se todo para o evento, colocou uma bota que o deixava ainda mais alto e foi ver o que acontecia. A festa estava bombando, e Augusto subiu num dos balcões, onde tinha uma vista completa do local. Após alguns minutos, avistou Laura, que ciceroneava algumas pessoas. Esperou um pouco e desceu para a pista, onde ficou encostado a uma parede. Assim que a viu, saiu andando na direção dela. Quando faltavam dois metros para darem de cara um com o outro, Laura percebeu sua presença, deu meia-volta e saiu correndo na direção de onde tinha vindo.

Augusto achou a cena patética. Laura, com 48 anos, comportava-se como uma adolescente. Satisfeito com aquilo, ele ficou mais alguns minutos na festa e decidiu ir embora. Naquela noite, ele se convenceu de que Laura não o amara de verdade, apesar de todos os indícios em favor da teoria que elaborara sobre o sentimento dela. Ele só viria a entender por que sua tese estava errada 15 anos depois daquela noite na boate Limelight.

SEXTA PARTE

1

Depois do derradeiro capítulo com Laura — aquele encontro patético na boate — Augusto entendeu que a maior paixão de sua vida fazia parte do passado. Dedicou-se, então, de corpo e alma à faculdade de arquitetura, ficou perto de Anabelle e longe do álcool. Sua história com a bebida seria uma luta contra o vício até o final da vida: sobriedade e recaídas, num ciclo que se repetia em intervalos regulares. No maior período de abstinência, chegou a ficar um ano longe do álcool.

O retorno à faculdade foi uma segunda juventude para Augusto, e conviver com os jovens lhe fazia bem. Como não aparentava a idade que tinha, ele costumava mentir, subtraindo alguns anos da conta. Fez transplante de cabelo, o qual mantinha sempre descolorido, e recebeu dos colegas de faculdade o carinhoso apelido de Blade, por causa do filme *Blade Runner* (apesar de ele se parecer com o replicante loiro, não com o caçador de androides, interpretado por Harrison Ford). Foi o melhor aluno de sua turma de Arquitetura e um inusitado estagiário de 40 anos. Apesar de ter tido vários casinhos nessa época, como todo homem que teve na vida uma namorada muito, muito bela, ele nunca mais se apaixonou novamente ou se interessou de verdade por outra mulher. E ainda havia Anabelle, a quem não podia abandonar.

Por outro lado, a sorte nunca foi sua amiga, e Augusto sentia que o destino sempre lhe passava uma rasteira. Quando arrumou seu primeiro emprego como arquiteto, teve que abandoná-lo por uma causa que escapava ao seu controle: a poluição do local onde trabalhava, na Avenida Sumaré, atacava sua rinite alérgica e causava-lhe falta de ar. Quando conseguiu um segundo emprego, desta vez no poluidíssimo Itaim, o mesmo aconteceu, e teve novamente que abandoná-lo. O fato de ter entrado no mercado de trabalho aos 42 anos também o atrapalhou e sua carreira nunca deslanchou, apesar de seu talento para a arquitetura.

Durante os anos de faculdade, Augusto ficou sempre perto de Anabelle, a quem ajudava da melhor maneira que podia. Houve certa vez que usou todo o seu salário de estagiário para pagar material de construção para a casa dela. Por seu lado, Anabelle se dedicava cada vez mais a suas atividades espirituais, numa religião que misturava budismo, espiritismo, cura prânica, chacras e energias positivas e negativas, numa salada sem pé nem cabeça. Sua loucura se transferira das drogas e das festas para o campo do espírito, o que foi bom, pois ela abandonou todos os entorpecentes, até o álcool, que raramente tomava — no máximo, uma ou duas taças de vinho antes de dormir. Passou a trabalhar com *feng shui* e curas espirituais, ou cura prânica, que tinha a ver com *prana*, que quer dizer energia vital em sânscrito.

Na época em que Augusto estava na faculdade, Anabelle conheceu, num desses cursos esotéricos que fazia, a herdeira de uma riquíssima família paulistana, com quem foi organizar um festival de arte, música e espiritualidade num castelo na Itália, e passou lá mais de um ano. Augusto a levou até o aeroporto e sentiu um enorme aperto no coração quando a viu embarcar.

Nesse tempo em que Anabelle ficou fora, ele adquiriu a mania de ficar imitando para si mesmo o jeito engraçado como ela falava, e era comum ele trabalhar no computador e falar sozinho. Isso espantava um pouco a saudade. Ficou sabendo, por intermédio de uma amiga dela que estudava arquitetura na mesma faculdade, que Anabelle havia arrumado um namorado na Itália, e que estava apaixonada. Aquilo foi uma pancada, mas ele respirou fundo e foi em frente. Por uma grande ironia do destino, Anabelle também arrumara companhia na Itália. Quando ela voltou da Europa, Augusto foi buscá-la no aeroporto com outro Opalão que comprara, e os dois ficaram juntos novamente.

Mas a loucura espiritual de Anabelle só aumentara nesse meio tempo, e ela enxergava energias negativas em tudo. Quando voltou de viagem e chegou à sua casinha no Paraíso, onde Jerônimo estava morando, ela não quis ficar lá, pois o local estava bem detonado e ela sentiu "enerxeticamente" que não podia voltar a morar ali. Por intermédio daquela mesma amiga que estudava arquitetura, ela conseguiu alugar um quarto num apartamento de um amigo em Santa Cecília, para onde se mudou até que sua casa estivesse em melhores condições. Para azar de Augusto, ele teve que vender seu adorado Opalão para ajudar Anabelle a pagar o aluguel. Nesse meio tempo, foi novamente dar uma de pedreiro para arrumar a casinha daquela que era a pessoa mais importante para ele no mundo. Também nessa época fez um crediário nas Casas Bahia, para comprar coisas para Anabelle. A primeira aquisição foi um daqueles grandes colchões tipo box, pois a antiga cama dela implodira. Ela ficou tão feliz quando o colchão chegou, que mandou uma mensagem para Augusto: "Obaaaaaaaa, chegou o 'colchóncinho'".

Infelizmente a loucura de Anabelle chegara ao auge e, alguns meses depois, ela colocaria fogo no colchão, pois acreditava que Augusto trouxera das ruas — e dos botecos — "enerxias" negativas que se acumulavam na cama, impedindo-a de dormir direito. Certo dia, quando chegou à casa do Paraíso, Augusto viu os restos queimados do colchão na calçada e sentiu-se um azarado. "Porra, ainda nem terminei de pagar o crediário e ela coloca fogo no negócio."

Por causa das energias negativas que alegadamente Augusto trazia dos botecos e da rua, Anabelle não o deixava mais dormir na mesma cama que ela, e isso foi o que definitivamente os afastou sexualmente. Eles tinham feito amor ao longo dos últimos 22 anos.

2

Na época em que estava na faculdade de arquitetura, Augusto voltou mais uma vez a surfar. Foi quando escreveu uma carta para sua mãe, correspondência essa que foi colocada num envelope lacrado no qual se lia: "Abrir apenas depois de minha morte", e guardada na escrivaninha de seu quarto de solteiro.

"*Querida e amada Mãe* — estava escrito — *se meu pedido escrito no envelope tiver sido atendido (o que espero, pois ele está guardado numa gaveta de minha escrivaninha), estarei morto no exato momento em que você ler esta cartinha. Sei que é difícil pedir para que você não fique triste, mas é meu dever, agora, fazê-lo. Só Deus sabe o quanto eu preferia ter morrido depois de você, de verdade. Esse é o princípio mais importante da vida, que os filhos morram depois dos pais, e inverter essa ordem é como tirar o próprio sentido da existência humana.*

Decidi escrever esta missiva não para me despedir (pois espero que você nunca a leia), mas para dizer que, se eu morrer, não terá sido fazendo nada de errado e que, quase sempre, tentei correr o mínimo risco possível (você sabe que não acredito absolutamente em destino). Não quero posar de santo, pois já fiz muita bobagem, mas, nesta altura de minha vida, as loucuras ficaram para trás. Na verdade, me ocorreu a ideia de escrever esta carta no último final de semana, quando fui surfar, depois de tanto tempo parado. Ocorreu-me que poderia acontecer algum acidente praticando esse esporte de que tanto gosto, e que você talvez não me desculpasse por isso, por voltar a surfar nesta idade. Mas pegar onda é uma das coisas mais importantes para mim (surfar é sagrado!), e você sabe o quanto esta minha vida tem sido um fracasso atrás do outro e por quantas frustra-

ções passei. Nesta altura, preciso resgatar minha identidade, e o surf é uma parte importante de mim, você sabe disso.

Então, Mãe, caso aconteça alguma coisa no mar, não fique triste, pois surfar é talvez o que mais gostei de fazer na vida, e morrer fazendo o que se gosta não é uma tragédia, mas belo e heroico. E, pensando bem, também posso morrer num acidente de carro, apesar de tomar todo o cuidado — você sabe como são os motoristas e as estradas neste país — e você também sabe o pavor que sempre tive de estradas, a ponto de me recusar a viajar; mas qual o remédio, apodrecer em casa por medo da vida? Também posso morrer num acidente de avião, num assalto, de uma doença inesperada e de tantas e tantas outras formas. O que não posso fazer agora é deixar de viver por covardia.

Mas o mais importante que tenho a dizer é que existe a possibilidade de que minha morte tenha sido consequência de um suicídio. E isso vai ser o mais difícil de você entender. Lembra que lhe dei o livro A Insustentável Leveza do Ser *para ler? E depois assistimos juntos ao filme* Carrington? *Então, foram tentativas de fazer você entender o que é o amor verdadeiro e que, para quem o sente, é impossível viver sabendo que o ser amado morreu. Mas eu sei que é difícil entender algo tão incompreensível para quem não o sentiu (esse tal de amor verdadeiro) e, por isso, na época, não quis tentar ir mais fundo no assunto. Sim, a verdade é que eu não poderei continuar a viver caso a Anabelle morra, e meu fim será igual ao de Carrington (um suicídio ou, por não ter coragem de me matar, uma bebedeira contínua até morrer... o que dá na mesma).*

Mas tente não ficar triste por causa disso, muito menos ter ciúme, caso esse seja o motivo de minha morte. Não adianta nada. Minha vida teria sido banal e vazia sem o amor, e agora não dá mais para mudar isso (e olha que eu tentei...). Como disse antes, espero que você nunca leia esta carta e também que eu não tenha que me matar. Até o momento, Anabelle está com saúde e espero que ela me sobreviva, pois no geral as mulheres vivem mais do que os homens.

Bom, acho que era isso que tinha para dizer. Se serve de consolação, lembre-se de que eu tive uma vida plena, vivi meus sonhos, conheci muitos lugares, tive várias mulheres — e um amor verdadeiro —, alguns poucos amigos e escrevi uns livros, apesar de que ninguém os leu. Acho que está bom. Muita gente que viveu mais tempo teve muito menos.

Acho que agora é hora de me despedir. Quero que você se cuide muito, que continue sua vida e não seja daquelas mães que ficam chorando o resto da vida pelo filho perdido; ou daquelas que vão toda semana ao cemitério, colocar flores na lápide fria. Aproveite as outras coisas que você tem, seu outro filho, seus netos, sua própria vida, e lembre-se de minhas palavras: não dê valor exagerado a nada, pois tudo é efêmero e breve (e às vezes belo) como uma noite de verão.

Muito amor do seu filho que muito lhe ama e amou,

Augusto César"

3

Foi só quando leu *A Insustentável Leveza do Ser* pela terceira vez que Augusto entendeu por que Laura não sentira amor verdadeiro por ele, apesar de todos os indícios de que isso ocorrera. Estava lá escrito, mas ele tinha passado batido por cima daquilo nas outras leituras da obra: o instante em que Tomas compreende que não sobreviveria à morte de Tereza, e que sente mesmo que quer morrer ao lado dela. Era isso: a descoberta do amor verdadeiro é também a descoberta (mesmo que no subconsciente) de que não vamos sobreviver à morte do ser amado.

Laura, naquela noite em que vislumbrara a alma de Augusto e entendera que tinha que cuidar dele, esteve o mais perto possível de sentir o amor verdadeiro. Mas por que não o sentira? Finalmente Augusto entendeu: uma mãe não pode se dar ao luxo de morrer de amor por alguém, pois seu instinto materno é mais forte e ela tem que cuidar de seus filhos em primeiro lugar. Se Laura não tivesse filhos, ela teria sentido amor verdadeiro por Augusto.

4

Ao longo dos anos, a certeza de que não conseguiria sobreviver à morte de Anabelle aumentava para Augusto. No começo, era apenas a preocupação de que algo pudesse acontecer a ela, mas, a cada dia que se passava, ele sabia que aquela hora iria chegar. Era uma sensação angustiante saber que sua vida — ou o fim dela — dependia de outra pessoa estar viva: que você cometeria suicídio caso essa outra pessoa morresse.

Aquela preocupação vaga tornou-se um fato concreto quando os amigos de juventude de Anabelle começaram a morrer: primeiro foi o Léo Castilho, aquele mesmo que ela e Augusto encontraram na primeira vez em que saíram juntos. O porra-louca do Léo tinha destruído completamente o fígado em 40 anos de uso contínuo de drogas e álcool, e falecera de insuficiência hepática enquanto aguardava um transplante. A seguir, foi a vez da Ju, uma das maiores amigas de Anabelle, a mesma com quem o casal se encontrara em Parati, quando Augusto descobrira seu amor por Anabelle, que foi vítima de câncer de pulmão, após 50 anos de tabagismo pesado.

Foi nessa mesma época que Anabelle disse estar sentindo um "vulto energético" na região abdominal, o que apavorou Augusto: ele temia que a maldita hora tivesse chegado. Ele pagou os exames gástricos para ela, mas nada apareceu, e o médico suspeitou que aquela patologia pudesse ser de causa nervosa, afinal, Anabelle andava brigando muito com o filho naqueles dias. Foi quando Augusto soube que precisava estar pronto para o pior.

5

Augusto tivera a ideia do suicídio por vapores de cianeto quando lera pela segunda vez o celebrado romance *O Amor nos Tempos do Cólera*, aquele livro no qual ninguém amou ninguém. Era um método rápido, indolor e que podia ser executado em qualquer lugar. Depois de pesquisar na Internet, Augusto conseguiu comprar uma pequena quantidade de cianeto de prata — usado para dar banhos metálicos em semi-joias e bijuterias — e um pouco de ácido sulfúrico. Bastava misturar essas duas substâncias num prato de sopa e respirar o vapor. Comprou tudo pela Internet, pagando no cartão de crédito em 12 vezes.

6

A maior alegria da vida de Anabelle foi o nascimento de sua netinha, batizada de Angélica. Desde o começo, o apego dela à neta foi algo tocante: nunca sonhara ter netos e aquela surpresa completou sua vida. A menina era linda e, como os pais dela logo se separaram e levavam vidas corridas, coube a Anabelle cuidar da criança desde cedo. Augusto nunca tinha visto um amor tão grande de uma avó por uma neta e entendeu que enxergava aquilo por causa de seu amor por Anabelle.

Logo depois do nascimento de Angélica, Anabelle ganhou da nora um lindo cachorro staffordshire bull terrier, do qual esta última não podia cuidar, chamado Zhor. O cão, forte como um touro e dócil como um anjinho, veio completar a felicidade de Anabelle. Durante os anos seguintes, a casinha de Anabelle no bairro do Paraíso seria um dos lugares mais felizes na face da Terra. Angélica era linda, inteligente e tinha o mesmo jeito da avó: uma capetinha. Era tocante ver como Anabelle virava uma criança junto da neta, como as duas riam, brincavam, iam nadar no clube, se divertiam em *playgrounds*, no shopping e em qualquer lugar aonde fossem — e também as broncas que a vovó dava na neta. Augusto se emocionava ao ver as duas juntas e compreendeu que o amor que sentia por Anabelle se estendia para a netinha e também para o cachorrinho Zhor; eles o faziam feliz, imensamente feliz. Caso ainda acreditasse em Deus, Augusto teria rezado para que Ele protegesse aqueles três seres que mais amava no mundo.

7

Depois da morte da mãe, Augusto vendeu a casa do pai, que herdara junto com o irmão, e comprou um pequeno apartamento na praia de Astúrias, no Guarujá. Finalmente, após décadas, realizava seu sonho de morar na praia. Vivia do aluguel do apartamento da mãe e dos raros projetos de arquitetura que apareciam. Comprou mais uma vez uma prancha de surf e voltou a praticar o esporte. Anabelle sempre vinha passar os finais de semana com ele e trazia junto a netinha, Angélica. Depois de tanto tempo, Augusto encontrara um pouco de paz na sua vida errante.

Naquela tarde, quando recebeu o telefonema de Jerônimo contando-lhe sobre a morte de Anabelle e o horário do enterro, ele finalmente comprovou o que sabia havia mais de 25 anos: que não era possível viver nem mais uma hora sem Anabelle neste mundo. Depois de uma crise de choro que durou dez minutos, foi até o supermercado que ficava perto de seu prédio e comprou um maço de cigarros e uma garrafa de uísque, que foi tomando no gargalo até chegar a seu apartamento. Pensou em se arrumar e ir ao velório, mas não tinha forças para sair de onde estava. Mandou um e-mail para o irmão e outro para a funerária, dizendo que podiam realizar os procedimentos para a cremação.

Tomou várias doses de uísque, fumou mais alguns cigarros, chorando e falando com Anabelle, como se ela estivesse ali na sala. Em meio ao delírio, ele dizia que a amava e pedia desculpas por todos os erros que cometera:

— Oh, Sapinha, me perdoe por tudo. Você é a pessoa mais bela do mundo. Nunca ninguém vai saber como foi feliz nossa vida juntos. Obrigado por tudo... meu amor.

Um pouco depois, ele pegou o cianeto, o ácido sulfúrico e um prato de sopa. Mas lembrou-se de que tinha de dizer uma coisa para o irmão e mandou-lhe mais um e-mail. Antes de fazer a mistura fatal, ele pensou em sua amada mulher pela última vez, e a viu como numa certa tarde em que fumara maconha 30 anos antes — vindo em sua direção, envolta em brumas que giravam ao seu redor, com aquela carinha engraçada, enquanto cílios saíam voando de seus olhos, como se fossem pequenos pássaros que se desprendiam numa revoada — e sorriu, sentindo pela última vez seu rosto se transformar no de Anabelle.

* * *

O último e-mail que Augusto escreveu para o irmão dizia: "*Mano, esqueci uma coisa: este apartamento é seu — e tudo o que está nele. Tem umas belas porcelanas feitas pelo de nosso avô, uns eletrodomésticos e mais umas tralhas. Também tem um livro no qual tenho trabalhado, que conta um pouco da minha história e por que estou tirando minha vida hoje; foi muito difícil escrevê-lo, pois o amor, a dor e a culpa não passam com o tempo. Está em cima da mesa da sala, ao lado do computador. Se tiver tempo, leia. Espero que te ajude a entender um pouco a tragédia de minha vida e a me perdoar. Obrigado por tudo. Com amor, Augusto César.*"